全国中考语文
热点作家
作品精选

因为会爱
所以全世界都在艳羡

古保祥　著

中学生必读励志类经典美文
中考作文素材类优秀作品

作者曾多次命中中考作文及阅读理解原题

哈爾濱工業大學出版社
HARBIN INSTITUTE OF TECHNOLOGY PRESS

图书在版编目(CIP)数据

因为会爱,所以全世界都在艳羡/古保祥著. —哈尔滨：哈尔滨工业大学出版社，2017.1
(全国中考语文热点作家作品精选)
ISBN 978-7-5603-6273-1

Ⅰ. ①因… Ⅱ. ①古… Ⅲ. ①散文集-中国-当代
Ⅳ. ①I267

中国版本图书馆 CIP 数据核字(2016)第 262178 号

策划编辑 张凤涛
责任编辑 张凤涛
装帧设计 恒润设计
出版发行 哈尔滨工业大学出版社
社　　址 哈尔滨市南岗区复华四道街 10 号　邮编 150006
传　　真 0451-86414749
网　　址 http://hitpress.hit.edu.cn
印　　刷 哈尔滨市石桥印务有限公司
开　　本 787mm×1092mm　1/16　印张 12.5　字数 200 千字
版　　次 2017 年 1 月第 1 版　2017 年 1 月第 1 次印刷
书　　号 ISBN 978-7-5603-6273-1
定　　价 25.00 元

目 录

第一辑　灯繁似锦

第二辑　尘埃里的佛声

第三辑　生活每天都会送我们礼物

第四辑　天使只是帮你找到了伤口

第五辑　悲哀时就唱歌

第一辑　灯繁似锦

灯繁似锦，每一盏灯下，都有一颗曾经纯真纯洁、现在依然梦想纯真纯洁的心灵。在众多的花灯中，找一盏属于自己的花灯吧，不多，一盏足已，就好像一生中只爱着一个人一样，太多了，便是剩，是不珍惜。

全世界都请你原谅我

英国伦敦,时间是2009年冬天,漫天飞雪映衬着都市的黄昏,一个叫查瑞的15岁小男孩,正焦急地在风雪中行走着,他一边走着,一边大声呼喊着同学的名字:“吉姆,你在哪儿?听到我的呼唤了吗,我是查瑞,我错了,请你原谅我。”

白天发生的一幕让查瑞心有余悸。他是个爱捉弄人的孩子,因此,在昨天放学时,他将一封情书放进了吉姆的课桌里,而他疏忽大意的是,竟然忘记了擦掉自己的名字,吉姆看到情书后,竟然欣然接受了查瑞的爱意。然后吉姆在上午放学后,找到了查瑞,说:“我喜欢你,我们交朋友吧!”

天知道查瑞当时怎么如此愚蠢,他原本就是为了捉弄人家,因此,他站起身来,招呼周围的同学们,大声说道:“大家都听着,吉姆喜欢我,她刚才亲口说的,大家给我作证。”

吉姆突然间有一种被愚弄的感觉,自尊心极强的她夺门而逃,而当时,查瑞并没有感到意外。

下午吉姆并没有赶来上课,这可吓坏了查瑞,后来听一位同学说,吉姆绝望地离开了学校,她当时满脸是泪,差点被卡车撞倒在路边,这位同学上前帮助她,她却婉拒了,嘴里面说着:“也许离开才是最好的选择。”

查瑞自知白天开的玩笑过了头,伤害了一个女孩子的自尊。他不知所措地在伦敦街头漫无目的地狂奔,后来他去了吉姆经常去的地方,可是没有她的踪迹。查瑞让一位同学打电话到吉姆家里,说想邀请她出去赏雪,吉姆的母亲却说吉姆不是在学校吗?吓得那位同学急忙挂了电话。

时间一分一秒地流逝,查瑞想到吉姆可能已经绝望了,她会不会想不开,如果她真的这样做,自己便成了杀害她的凶手。

查瑞看到大街上匆忙行驶的汽车,突然急中生智,在停车场上忙碌起来,他在每辆车后窗户的落雪上都这样写道:全世界都请你原谅我,查瑞。

查瑞不停地忙碌着,他知道这些车明天就会开到马路上,他希望雪不会融化,然后吉姆能够看到他的笔迹,开心地原谅他的过错。

他给电台打了电话,讲明了来意,电台的导播十分着急,主持人停止了现有的节目,插播了寻人启事,主持人不无激动地说道:“吉姆同学,你的好朋友查瑞已经知道错了,希望你可以原谅他,并且回到家里或者学校,你的所有同学都在等待着你,天使在向你召唤。”

查瑞几乎忙碌了一宿,他期盼着明天会是一个阴天,这样那些可爱的字迹就不会消失,但黎明的阳光还是刺痛了他的双眼,他疲倦地在马路边坐下,向上天继续祈祷吉姆不要受到伤害。

当他睁开眼睛看向来往的车辆,他惊呆了,每一辆车的后面都贴着这样一张红纸,上面写着:全世界都请你原谅我,查瑞。

原来,电台昨晚广播了这件事后,大街小巷都在谈论着这个揪心的故事,人们自发行动起来,寻找吉姆。

吉姆最终回到了学校里,她满眼是泪,她说她绝望时,看到了大街上到处都是“全世界都请你原谅我,查瑞”的字样,她听到了广播中查瑞的道歉宣言,她马上就走到了冰窟窿的前沿,却又走了回来,她知道全世界的人都在关心自己,如果自己就这样轻生,会对不起他们的爱。

查瑞愧疚地给吉姆鞠躬,再一次请她谅解,吉姆笑了,说道:“全世界都让我原谅你,我怎么敢辜负他们呢?”

两双手紧紧地握在一起,教室里像极了春天。

友谊是一片照射在冬日的阳光,使贫寒交迫的人感到人间的温暖;友谊是一泓出现在沙漠里的清泉,使濒临绝境的人重新看到生活的希望;友谊是一首飘荡在夜空的歌谣,使孤苦无依的人获得心灵的慰藉。

点评

本文曾入选中考试题。友谊是永恒的话题,本篇构思新颖,故事独特,通过设置一种“包袱”,让故事充满了悬念。同时,语言也出彩,好的语言是修饰文章的绿叶。

一只选择轻生的鸟儿

加拿大魁北克省的最东端,有一处断崖,断崖邻海,人迹罕至,经济相对落后。但在这处断崖边上,却每年都会发生奇怪的现象,成群的鸟儿选择轻生,它们集体撞击到断崖的岩石上结束自己的生命。

年轻的罗斯毕业后郁郁寡欢,他无依无靠,父母早已不在人世,因此,他选择了逃避现实。他独自一人来到了断崖边上,每天坐在那里看海,看海浪愤怒地将满腔怒火拍打在岩石上。

偶尔的一次醉酒后,罗斯发现了鸟儿集体轻生这种奇怪的现象。他对此种现象产生了浓厚的兴趣,利用自己学过的生物学知识认真进行分析。他翻阅了大量图书后发现,世上有这类鸟,它们不易适应环境的改变,噪音和污染使得它们对生活失去了兴趣,从而选择了自尽。

他想改变它们的习性,罗斯对自己提出了这样的高要求。

他试着逮住了一只小鸟,给它解释活着的意义,他还告诉鸟儿自己如何了不起,如何想自杀却劝告自己活了下来。7 天 7 夜过后,他把这只鸟儿重新放了出去,可惜的是,3 天后,在自杀的鸟儿当中,他发现了它,因为当时罗斯放走它时,在它的脚上拴了一根红头绳。

罗斯愤怒至极,他认为环境改变了它们的生活,可周围全是荒草和乱石,没有污染,没有噪声。于是他沿着断崖向北徒步走了十几千米,终于发现了秘密所在:那个地方正是鸟儿栖息地,但周围却建起了许多加工厂,工厂内的声音隆隆,噪声十分吓人,周围的鸟儿成群结队地寻找着能够改变这种现状的良方,却无能为力,只好选择死亡。罗斯闯到工厂内部,坐到了领导的办公室里,他将自杀的鸟儿放到工厂领导的办公桌上,请领导给予解释,那位领导狞笑着,然后将一记耳光送给了快要失控的罗斯。

罗斯又找到了当地政府,陈述了自己的观点,政府官员笑着说道:“让鸟儿改变它们的生活方式，它们不能阻碍经济发展。”

这句话提醒了罗斯，罗斯回去后，准备了一大张毯子，将毯子铺到断崖的岩石上，结果起到了很好的缓冲作用，许多鸟儿一次撞击不成功后，选择了退缩，过了不久，自杀的鸟儿明显减少了许多。罗斯喜出望外，他这样想着，既然是噪音改变了它们的生活，如果我给它们带来节奏感温软的音乐，也许它们会安静下来。

罗斯每天给鸟儿吹箫，音乐悠扬耐听，许多鸟儿停下来，落在周围的草地上，还有些胆大的鸟儿落到罗斯的肩膀上，他和鸟儿成了好朋友。

两年时间，罗斯改变了这里的生态环境，自杀的鸟儿越来越少，罗斯想着自己可以写一本书，来讲述关于鸟儿自杀的故事。

时间来到了2008年，一位看破红尘的姑娘来到了断崖边，她心爱的丈夫在一次车祸中永远地离开了她，她想选择死亡，到天国去寻找她的最爱。

罗斯看到了她，并没有对她说话，只是不停地吹箫，还将一杯香茶放在姑娘面前。姑娘回头时，看到了无数只鸟儿伴随着彩云在天上飞的美丽场景。

姑娘一直听着箫声，后来她将手递了过来，罗斯牵起了她的手。

2009年春天，一个叫罗斯的小伙子和他的爱人出了一本书，书的名字叫作《如果一只鸟儿选择了轻生》，他们在书中讲述了自杀鸟的故事，并且讲述了他们美丽的相遇和爱情故事，在书的最后，他们这样写道：

> 今天真好，没有人自杀。
>
> 如果一只鸟儿选择了轻生，我们的双手虽然无力，却可以为它铺上柔软的草坪；
>
> 如果一个可爱的人儿选择了轻生，我们的爱虽然脆弱不堪，却可以为他打开心扉，奏响一曲喜乐直通黎明。

点评

本文曾入选中考试题。我国青少年的自杀率居高不下，孩子们是压力大，还是心灵脆弱？本篇通过一则故事，告诉了孩子们，要珍惜生命，不可辜负人生。

月光手帕

那是1999年的中秋，我去单位办理我的下岗证明，回来时顺便去学校接儿子。

由于车流过于紧张，直到傍晚我才接到儿子。我看见他一个人站在学校门口，手搭成凉棚在看天上那枚冉冉而升的月亮。

我惊诧于小家伙竟然有如此的闲情，便问他："你在干什么？"他说："我在看月亮，妈妈告诉我，月亮圆时，我们的日子就会好的。"

我感觉眼睛有些酸酸的，从年初开始，我们的日子便每况愈下。先是父亲有病住了院，然后妻子下了岗，接下来，到了三月，我也被通知截了流。一年之中，家里遭遇如此多的变故，我像被万箭穿心一般。

我领着儿子，急急忙忙地去站台前等21路公交车。晚上八点钟的光景，由于这个站台远离市区，已经没有多少人影，远处是万家灯火，我想也许每一盏灯下都会有一颗焦虑的心。

我努力控制住焦躁不安的心情，看着远处那枚清晰无比的月亮，希望美丽的月亮为我们带来团圆、美丽和幸福。等了十来分钟，车还没有来，我搂住儿子问他："冷不冷？"儿子回答"不冷。"我说："小家伙，你别担心，我们的日子会好的。"儿子回答："是的，因为我们老师说过只要努力了会有收获的。"我很感动，这么小的孩子，竟然能够体谅大人的心，我觉得真有点对不起他，别人家的孩子这时候已经回了家，没有回家的也许正在打的回家的路上，而我们却只能在站台前等公交车。但在此时，我忽然感觉儿子挣脱了我的手快步跑向前方，我急忙问他："干什么去？""爸爸，你看，那儿有一块手帕。"沿着儿子的手指的方向，我看见在不远的前方，真的躺着一块乖巧的手帕，我拉着儿子跑到跟前，儿子伸手去拿那块手帕，却拾了个空，"爸爸，是月光。"儿子扭过头对我说，我蹲下身去，发现真是月光。

抬头看去，沿着站牌斑斑驳驳的缝隙，一束月光正斜射在地面上，在地面形成一个方方正正的手帕，上面还有树枝状的条纹、叶子状的云朵，如此美丽、清新、浪漫。也许是自己的心情不好，或者是自己心事太重，竟然没有看到如此精美的礼物。它就在我的身边，不用掏钱去交换，更不用费太多的感情，但我竟没有看见它。“不，是一块真正的手帕，收到这块手帕，我们的日子会永远开心、幸福。”我对儿子说。儿子听了我的话，竟然又蹲下身去，用手捧住那块手帕，然后打开书包，把它放进书包里。

看着他天真无邪的动作，我心里感慨万分。是的，我们已经丢掉太多的东西，包括财富、幸福、欢乐和流逝的青春，但我们应该保留住那份梦中的美丽，虽然只是一束月光。在成人的眼里，那不过是一堆废弃物，放在那里，千年展览而无人问津，因为成人过于世故，过于注重自身的存在而忘却了大自然的纯真。而在孩子的眼里，这是天底下最美丽的风景，因为他们拥有最最单纯的心和最最浪漫的情怀，就像从天下飘下的月光一样，经历万年的传承，仍然可爱至极、仍然能够牵动人心。

我们真的应该相信：拥有了那份美丽的心情，我们的日子会好过的，因为我们已经拥有了世界上最美丽的礼物。这世上可以没有财富，但绝对不能没有美丽。那夜，我失掉了许多，却从儿子的手里，接到了整片月光。

点评

本文曾入选中考试题。多年前，鲍尔吉·原野老师的《月光手帕》使无数人动容，但作者用另外一种角度叙述了月光的美丽，告诉人们，最最单纯的心，才可以赢得大自然的馈赠。

母爱永不会倒闭

他每天辛辛苦苦地往返于相隔甚远的家与公司之间，中间总会有堵车现象，但他依然乐此不疲地奔波着。他知道，家是母亲住的地方，和母亲商量了好多次，母亲始终不同意将父亲居住过的房子卖了搬走，她说里边有父亲的灵魂栖息着。

他开了一家大公司，在公司里他是最高统治者，但在家里，母亲是权高位重的人，他规规矩矩地像个听话的孩子，他喜欢母亲那种有些独裁的爱的方式。

但母亲的身体却一天天差了起来，心脏有异常，晚上也经常咳嗽，他停止了工作，每天带着她上医院，做检查，忙得不亦乐乎，但母亲还是一天天衰老，这令他很苦恼。

那一天，路过一个卖烧饼的小摊，母亲的眼里闪现了光亮。他以为母亲饿了，便对母亲说我们去宾馆吃饭吧，母亲推了他，走到卖烧饼的小摊前，掏钱买烧饼吃。咬了一口，很甜的样子溢于脸畔，母亲回头叫他狗子，说实话，他最讨厌别人叫他的小名，但母亲例外，母亲从没有叫过他的官名，包括在别人面前。

“狗子，烧饼筋道的很，还记得你小时候，你父亲刚走，家里穷，我摆了个烧饼摊，那时候手脚灵便的很，我一天可以卖出去100多个烧饼。你在旁边打下手，小脸脏兮兮的，汗水不小心滴到烧饼上，有一位大姐不愿意你，旁边他的母亲拦住她抬起来的手，说没事的，孩子小，再说汗水也是世间难得的营养。”

母亲顿了顿，眼里噙满了泪水，他害怕母亲难受，便劝她早些回去，母亲却说道：“你走吧，我想在这儿坐会儿。”正好下午有会，他便急匆匆去了公司。

下班了，他风风火火地往家里赶，家里却不见母亲，他慌得不得了，好像丢失了世上最珍贵的襁褓。终于，在那个烧饼摊前，他发现了满脸汗水的母亲，她正在给那位老大妈打下手，她似乎又恢复了年轻时候的勇气与力量。

远远地，他泪如雨下。

一个月后的一个黄昏，他满脸颓废地，浑身酒气地回到家里，母亲发现他的异样后，一把抱住了他，他低声哭泣着说："妈，妈，我的公司倒闭了，只一个月工夫，金融危机便将我全部的财产淹没了。"

那晚，他沉睡在母亲的怀抱里，母亲轻轻地拍着他，他睡熟了，隐约听到月光下母亲的吟唱。

第二天一早，母亲便上了街。人们发现在学校附近的摊位上，一个老态龙钟的老太太，她顾不得擦拭眼角的泪水和汗水，手中的面团灵巧地翻动着，不大一会儿，热气腾腾的烧饼便出炉了，她大声叫卖着："刚出炉的热烧饼，绝对精美的手工。"

他满身大汗地找到了母亲，刚想张口，母亲却说道："在旁边打下手，不要紧地，用不了两年，我们便会有一笔不小的本钱，可以让你东山再起。"

他将藏着的心事咽了下去，他本想告诉母亲公司有救了，一个大股东已经答应注资给他的公司，但是他没有。他知道如果将这个消息说出去，母亲那积蓄了多年的力量便会慢慢消失，那将是一件多么痛苦的事情；他还知道股东的投资是有价的，而母亲的投资是无价的、无垠的、无休无止的。

他决心将这个消息永远地瞒下去，但是他总会每周抽出一定的时间陪母亲练摊，当有熟悉的员工发现他时，他总会用嘴"嘘"一声示意他们别说话，他娴熟地将烧饼递到一张张笑脸面前，旁边的母亲意气风发正当年。

岁月会流逝，股票会贬值，企业会破产，但母爱永不会倒闭。

点评

本文曾入选中考试题。这是一篇关于母爱的文章。如何写亲情，如何才可能写得与众不同？本书从别致的角度切入，语言精美，结构独特，且有一种小小说的味道，让人看后内心充满感恩之情。

为生命找一个扶手

公交车上，人满为患，我好不容易才挤上车，随着公交车的晃动，我被挤在人群中间，司机猛地一个急刹车，我差点被惯性撂倒，回过身来刚想对司机发火，司机却回过头来告诉我："你差一个扶手。"

是吗，我愣了一下，继而才感觉到自己原来两手空空。平时坐车人不多，我都会把着扶手，原来习惯的动作却因为人多给忘记了。原来自己所差的就是一个扶手，一只手抓住公交车上的扶手，身体的半径以手为圆心，任凭局势如何紧张、跌宕，所有的危险均被这个美丽的圆所化解。

那一年高考，我因几分之差名落孙山，想起亲友的苦口婆心，想起父母含辛茹苦地将钱塞进我的口袋里，我在一片平静的湖边停留好久后，便想以身殉湖。那是一个傍晚，我记得有月光，我正一个人在生命与死神的走廊内徘徊不定时，一个小女孩路过我身边，她的一句问话使我的生命得以延续至今，她问我："大哥哥，你在看月亮吗？湖里也有月亮的。"

她的问话使我想起我尚在人间，美丽的风景依然在陪伴着我，自然界所有的恩宠在瞬间关联起来，与我的生命进行了一次划时代的碰撞与磨合。开始时仅是月光、小女孩微笑的脸，然后是大自然的鸟语花香，随后是父母的召唤，我听见了他们在远处焦急寻找的声音，他们不希望在湖里发现我，他们只希望看到月光。

事后，我没有将挣扎的过程告诉父母，我只是在心中暗暗发誓，对得起那晚的月光。小女孩的微笑与话语，无疑给身逢绝地的我送了一个生命的扶手，我抓紧它，攀上悬崖，前方夜正暗，但依稀有星光，江湖夜雨，十年寒灯。

其实，所有的人在遭遇挫折时，最需要的也就是一个帮助、一种慰藉，但有时候，生命的扶手不会就近自动降下来，它需要我们细心地寻找，也许一个转身，所有的沉重就会烟消云散。

你或许正在为某件事情忧心，忽略了霓虹灯下那些拥有健康向上的笑脸的人，他们经历磨难而不消沉，他们就是你的楷模；你的爱人或许离你而去，其实你不必过分担忧，找个人好好地聊聊，每个人都是感情方面的老师，他的一招半式也许就是你的所需，他会使你突然明白：原来天使路过你身边，临时借走了你对她的爱。

四年前的一个黄昏，雨落在行色匆匆的人群里，我看到一个学生模样的年轻人蹲在路边哭泣。他是一位求职者，因为四处碰壁而失落，他觉得自己注定失败，觉得人心险恶。我将他约进一间咖啡厅，就着一杯苦苦的咖啡，我告诉他关于我的故事，临走时，我送他一个深深地拥抱，然后在雨夜里分别。

我相信，那一个拥抱不会落空的，因为我已经将一个生命的扶手送到他的面前，或许他已经从困苦中苏醒，重新面对清晨窗口处那声声呢喃。我相信，所有的爱都会延续，从一只手到另一只手……

点评

本文曾入选中考试题。行文流畅，一气呵成，读来拍案。故事精彩，语言也非常独到，且结果让人为之一动。

两 只 鸟

1973 年,美国加利福尼亚州某小学某班级,一个调皮的小男孩托马斯在课间休息时逮了一只鸟儿,并把它握在手心里,他并非恶作剧,他只是对鸟儿的啁啾声和生活习惯充满了兴趣。

语言老师开始上课了,但小鸟的鸣叫声突然间响彻云霄,语言老师直皱眉,他径直来到鸟叫的源头。托马斯不敢抬头,手心汗涔涔的,不知道是因为自己的紧张,还是调皮的鸟儿将尿撒在他的手心。

语言老师并没有责怪他,而是重新回到了讲台前,他郑重地告诉大家:我想讲一下鸟儿的生活习性问题,鸟儿不喜欢被圈养着,它们喜欢自由飞翔,大自然才是它们的暖巢,下面,继续上课。

小男孩托马斯受宠若惊,他于下课后将那只鸟儿放回了大自然。

同一时间,不同地点,中国某城市的某所学校,一个小男孩也将一只不知名的小鸟握在手心里,他也对它的鸣叫充满了兴趣。小鸟不知疲倦地在课堂上发出了怪声,惹得大家的目光锁定在小男孩身上,语文老师怒气冲冲,显然他觉得这影响了自己的课堂纪律与教学质量,他走过去,毫不客气地将小男孩拽了起来,把小鸟从他的手心里抢了过来,打开窗户,小鸟好像被弄疼了般啼哭着飞向了苍穹。

小男孩受了批评,他不得不抄写了近一百遍的某首唐诗,以弥补这堂课的缺憾。

2010 年,美国加利福尼亚州某大学的演讲台上,一位鸟类专家在生动地讲他小时候的故事,他说十分感谢当初语言老师的仁慈,没有扼杀他对鸟儿的憧憬和兴趣,兴趣是决定人初始开发的一个重要因素,我们需要沿着兴趣走而不是改变它。

同样的时间,在中国某大学的讲台上,一位语言学博士也在讲他小时候的故事，他说语文老师将自己引入了正途，他现在已经成为一位优秀的语言学博士。

他们同样都是优秀的人才，只是有些遗憾罢了，传统意识与创新习惯的不同，改变了一个人甚至一个民族的兴趣和方向。童年有两只鸟，现实中有两种教育方式，世上有两种人。

点评

本文曾被美国《读者文摘》转载，且被《英语沙龙》杂志翻译成英文，还被选作中考试题。通过两个小男孩的比较，叙述了关于教育的话题，新颖别致，富有创造性。

关注另一只眼

撒哈拉沙漠边缘地带居住着一种威猛无比的动物叫作红头鹰，它的嘴唇微红，食物是热带植被里隐藏着的一种叫作泰鹿的小动物。

红头鹰进攻凌厉，有“万夫不当之勇”，它犀利的双眼紧盯着草丛，一旦发现目标，便会以闪电般的速度突袭泰鹿的左眼；泰鹿通常会急忙用前爪保护自己的左眼，但往往以失败而告终。

泰鹿左眼遭到毁灭性打击后，红头鹰通常不会就此罢休，它深知泰鹿的习性，知道它们必定会利用右眼找寻逃跑的道路。紧接着，红头鹰利用泰鹿惊慌失措的良机，将利爪探向了泰鹿的右眼，泰鹿只顾护着左眼，没想到红头鹰会变换招数，等到发现中计时，右眼也觉得刺痛难忍，惊刹间，眼珠早已经滚到了草丛里。接下来，它痛苦难当，无法辨认逃跑的道路，便成了红头鹰的战利品。红头鹰通常会选择将泰鹿慢慢地折磨至死，然后拖到自己的山巢里熬冬用。

距离撒哈拉沙漠20千米之外的某片沼泽地里，有另外一种鹰叫作食狼鹰，它们的主要食物是奔跑在草地里的野狼。但食狼鹰却逐年呈下降趋势，原因很简单，它们无法捕捉到可口的食物。

食狼鹰采取的方法与红头鹰如出一辙，好像一个老祖宗留下来的。它们通常会突然袭击野狼的左眼，但与泰鹿不同的是，野狼通常不会去保护自己已经暴露于危险地带的左眼，而是用前爪早早地死死护住自己的右眼。等到食狼鹰将野狼的左眼成功毁灭后，它们通常也会换个角度去袭击野狼的右眼，但此时野狼早已选好了逃跑的道路。

野狼这样的改变使得食狼鹰的计划失败了，无法袭击右眼，便索性去追杀野狼。受伤的野狼孤独无助，拼命地奔跑着，它利用唯一的一只右眼探寻着道路，发现荆棘丛便钻进去，食狼鹰不服输，硬着头皮朝荆棘丛里前进，结果却是满身伤痕，一败涂地。

只是保护角度的不同，却带来截然不同的两种结果，前一种是双眼都被袭击，结果丢了性命；后一种虽然丢了左眼，但却保住了右眼也保住了性命。丢下已经危险的，去保护能够保护的，也许是野狼能够逃生的原因。

生活中，我们通常会选择保护自身已然血淋淋的伤口，或者是已经被时间和岁月折磨窒息的事物，其实，那伤了、废了、将要结成疤的，绝不是我们费神需要保护的东西，好好地保护住尚且安好的“右眼”，才是“上策”。

点评

本文曾入选中考试题。通过比较，再通过哲理性的语言，告诉大家一个道理，这是本文值得称赞的地方。并且本文叙述流畅，故事也新颖，像一颗刚刚被洗过的草莓，给人一种清新感。

一只脚到另一只脚的温度

我所在的医院旁边是一家福利院，里面刚刚搬来许多可爱的特殊的孩子们。之所以特殊，是因为他们在汶川地震中经受了太多的磨难，并且他们都已失去自己最亲的人，想起那段悲哀的日子，我总觉得起伏难平，因此，有事没事时，我便对他们有了更多一层的关注，他们始终牵挂着我的神经。

我时常看到一个可爱的孩子，坐在福利院门口的石墩前玩耍，我上前与他打招呼时，他的模样却使我的心纠得更紧，他居然是个患有脑瘫的孩子，说话不利索，抬起头看人时，嘴里流下许多唾液，淌的衣服上到处都是，我时常会掏出袋子里的卫生纸，给他擦拭干净。

有一次，我看到他脚上的鞋子破得不得了，怜悯之心使我突然萌生了给他买双鞋子的想法，也算是对他的关爱，我便把自己的脚和他的脚放在一起，想比较一下他鞋子的大小尺寸，由于比较熟悉的缘故，他顺从的用左脚和右脚与我的脚比画着，最后，我拍拍他的肩膀，然后走开了。

当我将新鞋子穿到他脚上时，他高兴得不得了，一瘸一拐地到处跑着找同伴们炫耀自己的新鞋，我的眼角潮湿了。

以后的一段日子里，我面临下岗的危机，终于有一天，在窗外飘洒着的雨水里，我抹着泪水手里拿着下岗通知书骑自行车回家。

到门口时，我突然间发现右侧福利院门口那个熟悉的身影，那个孩子正坐在门口的石墩旁，旁边一个阿姨模样的人在那里责怪他不听话，那是我的必经之路，看到我到来，孩子高兴得跳了起来，那阿姨对我说，这孩子，整天这时候坐在门口，不知道他要做什么。

孩子跑到我身边，将自己的双脚和我的双脚并放在一起，轻轻地比划着，突然间，我感到自己冰凉的双脚感受到一股暖流，一种掩藏许久的感动冲破理智的闸门，我的眼泪瞬间与雨水交织在一起。

我换了家别的医院上班,不在这条路上,但我不想破坏孩子的习惯,每天下班时,我总会绕个弯,到福利院门口看望他,他总是高兴地迎着我跑过来,与我并排站在一起,我知道,这是世界上最好的等待,也是世上最美的风景。

因为我们有深深的感动,所以深爱着世上的一切美好事物,在感动的声音中聆听真挚的话语,在感动的眼神中读懂关切的期望,在感动的手势中感悟来自心灵的碰撞与交流。于是就让感动蔓延包围,用一种精卫填海般的精神,在感动的瞬间执着,在感动的每一细节中不朽。

点评

当年,汶川地震的消息传来,举国同悲,作者在这种背景下,创作了这样一篇故事。故事叙述了陌生人之间的情感互动,平凡却真实,让人看完感动不已,潸然泪下。

花　生　鼓

我一直喜欢母亲给我做的花生鼓。秋天的傍晚，风凉凉的，我和母亲在院子里，母亲一直忙碌着。两片薄薄的废牛皮，是我从唱戏的花鼓上偷偷拆下来的，一小瓶粘自行车胎用的胶，是我从爷爷的修理铺借来的，几枚精致的、已经收获的花生，这些便是花生鼓制作的全部材料。

母亲的手很灵巧，半顿饭的工夫，一只小巧玲珑的花生鼓便呈现在月光里。母亲告诉我先不要使用，因为胶还需要几分钟的干燥过程，而我像是一个急着学戏的小生，眼巴巴地看着。

终于还是耐不住性子啦，我拿起放在凉席上的花生鼓，“咚咚咚”的声音萦绕耳畔，声音的效果绝对不亚于舞台上的大鼓。花生鼓占据了我整个的童年记忆，而母亲便是我全部记忆的唯一主角。

不知从何时起，那个光着屁股的小家伙渐渐地长大了，开始远离家乡，四海漂泊。我固执地坚守着“四海为家”的思想，整日拼命地工作，拼命地挣钱，我真的害怕年轻的时光会匆匆、太匆匆。

五年后，当我带着妻子和儿子回家时，却发现母亲得了严重的咽炎，无法说话。她已经苍老得像墙边的那株老槐树，我搂着母亲的身体，泣不成声。

在家里待了几天后，为了生活和生计，我不得不告别母亲。临别时，母亲一直送我们到村边的路口，母亲说不出话，却一直张着嘴。已经走出很远了，回头看时，依然有一个清晰的背影，映在我的泪光里。

在以后的日子里，每逢周末下班时，我总会拿起电话，给远在家乡的母亲报个平安。电话响了，一只手把电话轻轻拿起，没有一丝的声音，我知道是母亲在电话的那头，我轻轻地说着，告诉母亲要注意身体，说又给她汇去了几百元钱，说我们的生活和困难；我还未说完，儿子便会抢过来，告诉奶奶他上学期考了几个一百分，回家时要给奶奶捎变形金刚等。

那天，接电话时，妹妹也在旁边，说了好长时间的话，妹妹告诉我们妈妈在这边笑呢。我们正要挂电话时，妹妹突然告诉我们妈有东西让你们听。

那边，隔着岁月和时空，突然传来了一阵阵的“咚咚”声，那是久违的、穿越时空的声音，我仿佛看见一个小男孩正站在风里，手里舞动着一只花生鼓，旁边站着他的母亲。

一份温暖忽然占据了我所有的神经，一种久违的感情将记忆烤炙得如此蓬松和馨香。亲情像极了秋天晒场上晒着的花生，虽然隔着千山万水，我依然能够感觉到那种温暖、香甜。

点评

本文曾被《语文报》选为中考模拟题。通过一只小小的、母亲制作的花生鼓，叙述了母爱的伟大。语言朴素得像邻家大嫂，却让人看后无比动容。

灯繁似锦

总记得幼时的灯光，那时候的乡下，灯少人稀，如果你走在漆黑一片的黑土地上，心中难免产生恐惧。兴许会有一两个调皮的砖头将你绊倒，你以为是鬼魂作祟，继而吓得半死。倘在此时，有轻轻的脚步声传来，还有一盏明灯照路，心中顿生光明，跟着那盏灯，兴许就可以找到回家的路。

每一个孩子，都有过一个关于灯的梦想，渴望有一盏明灯照亮前程，指引自己的人生航向，不误入歧途。

那时候，灯太少，有一盏便觉得金贵。那时的人知道感恩，但不会说谢谢，谢谢不是那个年代的流行语。对那个轻轻地牵着你的手送你回家的人，内心充满感激。

在家里，也会有一盏灯等待着你，煤油灯气味很大，蜡烛蜡油四溅，无所谓的，有一盏灯照明已经够幸福了。

在教室里，每一个孩子面前都有一盏小煤油灯，屋子里呛得厉害，但我们没有感觉，时间久就麻木了，只是觉得晚自习来临时，教室里便生出许多安详与和气来。

灯上面放一块铁片，还可以烤花生吃，一屋子的花生味儿，老师路过你身旁，一颗半熟的花生调皮地从铁片上滚到地上，老师伸出脚去，却不忍，又急忙收脚。等着老师的批评吧，老师无语，捡起花生走向垃圾筒，可是，孩子们用余光可以看到老师在手中轻微擦拭后，便扔进了自己的嘴里。

一切在无言中流淌，那时候，都在比谁的灯亮，谁的灯可以照亮其他人。

我的同桌，一个野丫头，家贫，我索性将煤油灯放在课桌中间，一盏灯，照样可以点燃两个穷孩子的梦想。

现在，灯太多了，煤油灯与蜡烛早已经过时了，电灯、节能灯、LED 灯，层出不穷，高科技照亮了太多的路。

灯多了，却觉得依托的那颗不见了，不是一盏灯照亮你，是许多盏，父母早已经安排好了你的前程，慢慢地，你失去了自我。

那个傍晚，我沿着一条快要消失的小河前行，真黑呀，我想到了小时候的黑暗，仿佛时光突然倒流。

一个巡河的老者，点着烟，烟的光亮忽明忽暗的，我顿生欣喜，想起了小时候，我们追逐一盏盏灯的故事。

刚想前行，那老者飞奔而来，摔了一个大跟斗，他拖着我大声说："先生，不要轻生！"

我笑了，在繁华都市的一角，我终于误打误撞地遇见了另外一个可以让我感恩的人，他苦口婆心地劝我不要做傻事。没有解释，我接受了他的施救，这仿佛就是一种与生俱来的恩德，有一种光辉落了下来，周遭的世界全被照亮了。

总有一盏灯，陪你出生、成长，然后终老。

点评

灯繁似锦，每一盏灯下，都有一颗曾经纯真纯洁、现在依然梦想纯真纯洁的心灵。在众多的花灯中，找一盏属于自己的灯吧，不多，一盏足已，就好像一生中只爱着一个人一样，太多了，便是剩，是不珍惜。

春　之　落

春天，必定是从一场厮杀中艰难走来。

任何一场华丽的演出，总会有数次紧张的彩排，像盛会，像春晚。

春天是在与冬天的搏杀中走来的，春天最明白这样一个道理：否极方能泰来。

是什么让你感觉到了春之气息？

肯定先是风，风柔了，弱了，潇洒自如，从袖底溜过，从耳畔划过，从情人的眉目传情间悄然走过。

春天的风，当然要比冬天的柔弱不少，但不是退缩，而是一种防御，或者说是一种体谅。像爱人的手，在你着凉时，温暖的毛巾，敷在额头；更像一个孩童站在河畔，一记水漂，碎了花，迷了树，春风袭人。

春天，再从绿上落下来。

满眼的绿呀，好吸引人的眼球。

柳芽先绿，柳树是最着急表现的一个女子，来不及梳妆，便在一阵鞭炮声中，骤然苏醒了。素雅有什么不好，素是白，雅是香，过往者，无不低头称臣。

杨絮也绝不落后，每一种植物都需要繁衍，杨絮就是杨树的产品，漫天飞舞，铺天盖地，与风沙共飞，和月色小舞。

倘若你仍在睡梦中，清晨稍微一抬头，便发现春满人间。

再没有比这更容易感动的事情了。尤其是孩子们，在冬的寒冷中，春节走远了，好不失望，还好，春来了，一下子盈入眼，扯了你的袖子，飞快地旋转着揭开季节的帷幕。孩子们最高兴了，他们是春的圣使，年轻就是资本，春天也喜欢自己年轻着、漂亮着。

春又从几朵花上落下来。如果春天没有花，岂不是像船失去浆，更若雨天没了伞，少了几分妖娆。

花开始当然是配角，要不了几时，便越俎代庖，成了主角。鲜花也需要绿叶映衬，不甘示弱的花，一股脑儿冒出来，你在揉眼睛的时候，就春色满园、姹紫嫣红了。

春从阳光里落下来。空气暖了，风清了，世道太平；阳光普照万物，如果没有阳光，世界将会漆黑一片。所以说，春与阳光成了兄弟，你请我，我邀你，你累了，我扶持，你强了，我时刻提醒。

春从笑脸上落下来。可爱的笑脸，没有比笑更好的媒介了，笑是万福，是千岁。对面走来一个孩童，满脸是笑，一脸阳光，我知道，他在感谢春天的到来。

最后，要说说人了。大街上的人突然多了起来，小贩的叫卖声也格外卖力，产品供不应求。走在春风里的人，少了冬的瑟缩，没了秋之唐突，更不会有夏的焦灼，所以说，人人都喜欢春天。

春天也有缺点的，春天很容易使人迷糊，做事没精神，浑身痒得厉害。不要紧，春总会有时候与季节妥协，让一场雨来，一阵风来，“倒春寒”也会来，这便是大自然的馈赠，你不能总活在温暖里。

水之湄，伊人立，别无恙，唯有春。

点评

春天落在《诗经》里：“春日迟迟，卉木萋萋，仓庚喈喈，采蘩祁祁。”春天落在唐诗中：“千里莺啼绿映红，水村山郭酒旗风。”春天落在宋词畔：“过春风十里，尽荞麦青青。”

将你的需要记在纸上

在景区，到处都有商品化的气息，压得人喘不过气来。走累了，想找个安静的地方坐下来，吃碗小面，喝点小汤，弄瓶小酒，可是，许多商家扯你的胳膊，好像你成了他们的奴隶。

不禁心生惧怕，不敢前往，于是乎，逃了出来。

走出景区好远了，见路口有一个小面摊，一个年迈的妇女，只顾低头做饭。这儿坐了许多人，听人说，她的服务态度好，且人很厚道。

厚道就是一种尊重，来不及多想了，已经饥肠辘辘的我坐了下来。

别看摊小，却有各种各样的面食：担担面、刀削面、炒面、烩面等等，看得人眼花缭乱。

我不禁替这位老板心焦了，因为她一个人，不可能忙完所有的工序，慢是必然的。

就是这样一位弱不禁风的女子，十分钟左右的时间，竟然做好了五个人的面，不由得挑大指称赞，好刀法、好手法，利索，像射出去的箭一样洒脱。

我报了碗刀削面，妇女说记下了，便开始忙碌起来。

过了五分钟，我觉得她可能忘了，便提醒到："大姐，我要的是刀削面。"

终于看到了她的笑，抬起头来，好清秀的脸庞。

"记着呢，都在纸上记着呢。"

猛然低头，才发现她的旁边密密麻麻地记着各种需求，她不知道客人姓名，便为每个客人起了绰号，比如：胖子，烩面一碗；大个，刀削面两碗。

到我这儿，却记着：漂亮妞，刀削面一碗。

我漂亮吗？禁不住哑然失笑了。

在午饭的两个多小时里，她一共做了八十多碗面，不可谓不快，且准确率高达100%，无一出错。

她的小摊生意火爆，不是因为面不贵，而是这种执着的精神感染了所有的人，将一个小面摊做到极致，需要的不仅仅是记忆力，更是对他人的一种尊重，尊重就不会有伤害。

点评

记在纸上，其实，早已经记在心上了。答应的事情，就一定要做到，一诺千金，多么难能可贵的修养，这正是现代人缺少的一种原始情感。

因为会爱,所以全世界都在艳羡

她是个十足的丑小鸭,皮肤黝黑、干燥,毫无生气,怎么看怎么像一个逃难过来的女孩子。

在波兰华沙市第一小学,像坎赫这样的小女生不计其数,她们的人生如自己的父辈一样,经历坎坷磨难,她们的生命与国家的命运纠缠在一起,平凡且无奈。

但坎赫却是个不安分的女生,她经常帮助学校里有残疾的孩子们,虽然自己家境贫困,但是她一点儿也不吝啬自己的爱心,总是不遗余力。

这又能如何?学校里漂亮的女生,在圣诞节前夕,总是会收到许多男生的礼品,而坎赫从来没有收到过。不过,她总是折许多的纸鹤,送给别人,有女生,当然,也有自己心仪的男生,虽然他们收到后,总会用惊讶的表情反馈,但是那是无所谓的事情,爱心是没有界限的。

但有一个帅气的男生,却让坎赫出尽了洋相。

他将收到的纸鹤,挂在教室后面的黑板上,一时间,大家都知道了,坎赫居然喜欢这个男生,这是不可能的事情,绝无可能。

坎赫没有想到自己的爱心竟然遭到了嘲笑。

虽然她极力解释,但是男生们依然无休止地嘲笑她,她浑身无力,四肢发冷,她逃出了教室,整个下午她都在一条河流前游逛。

她没有轻生,她觉得自己的爱心没有错误,只是遇到了坎坷而已,施爱的人有什么错误,她决心将自己的爱心传递下去。

她利用课余时间,悄悄地发起了一个向敬老院献爱心的活动。一次,一位老人住了院,需要输血,坎赫献了血,由于身体虚弱,她请了假,半个月没有到学校去上课。

难道坎赫出事了吗?是不是由于上次的事件,她生气,或者是她转学了。

许多男生觉得过意不去,而在当天下午快要放学时,老师宣读了学校对坎赫的表扬决定。大家才知道,这样一个弱不禁风的女子,竟然拥有如此强大的爱心。

在学校里,坎赫拥有许多头衔,什么五好学生、最优秀的学生等,而她最喜欢的则是"最有爱心的女生"这样一个荣誉。谁说女生不可以有爱,谁说女生不能够改天换地,坎赫不信这个邪。三年时间里,她帮助了无数名孤寡老人,她渐渐地成了学校里的名人,直至波兰市政府也知晓了这件事情,2016 年初,她被称赞为波兰最有爱心的人。

"我没有其他特长,长得不漂亮,我想成为全世界第一个会爱敢爱的女生。"坎赫面对镜头,这样表达自己的思想。

因为会爱,所以全世界的花都在为你鲜艳;

因为会爱,所以全世界都在艳羡。

施爱,是一件多么幸福的事情。爱是水,是花,是营养,可以滋润心田,更可以让世界充满快乐。做一个有爱、会爱的人,你周围的人也成了爱的使者,他们呼唤爱、诠释爱,更会用一辈子时间将爱的事业传承。

点评

本文语言唯美,构思独辟蹊径,让人眼前一亮。着重叙述了关爱他人的故事,故事发生在国外,但作者的叙述,让读者感觉故事就发生在身边。

你自信，所以你无所不能

叛逆是每个处于青春期的孩子的主流思想，也是成长发育不可或缺的元素，也是无法逾越的一个坎儿。其实，叛逆是一把双刃剑，叛逆也是一种动力，一种元素，可以让理想插上翅膀。

我就遇到过一个孩子，这个孩子很柔弱，听他家人讲，他小时候得过病，长大了才得以康复，所以落下了病根儿。

他很少招惹是非，可能与自己的体质有关，当许多同学搂在一起摸爬滚打的时候，他则是静若处子般地坐在一隅发呆。

爱发呆，是他给所有人的第一印象。

但那天，我看到他参与了一起打架事件。

班里的一位女生，被其他班的一个男同学戏弄，正好他路过，可能是从骨子里爆发出来的勇气，他参与了，不需要任何原因。当然，他败了北，但与此同时，班里的其他男同学蜂拥而至。

他受了伤，我将他叫进办公室，用云南白药为他疗伤，这是我第一次近距离接触他，他皮肤白，像个女生。

我想夸奖他，可是被他喊疼的声音覆盖了，一个平日里口若悬河的老师，不知道用何言语宽慰自己的学生。

从此对他改变了印象，他太内向了，所以，我要想办法改变他的性格。

那天下班，我回家，他步行，恰巧遇到。他低声问老师好，我刹住了自行车，小声对他说："孩子，我欣赏你的叛逆。"

我看到了他的眼睛闪烁着明亮的光，继而有一股热泪奔涌而出。

我没有想到，一句无心的称赞竟然可以带来质的飞跃，他变得爱说话了，平日里不爱上的体育课，慢慢也成了他的爱好。

高三的学习任务重，尤其到下半学期，几乎取消了所有的副科课程。而他呢，则养成了课余时间打球的习惯，我欣赏他的特立独行，每每路过操场，看到他一个人带着球飞快地上篮，我好想告诉他："孩子，现在学习更重要。"

可是，我没有这样做。

他终于说出了心事，他要退学。

人生可能唯一一次的高考，难道就这样放弃了吗？

这是我头一遭苦口婆心地鼓励人，他则忙不迭地解释，家庭发生变故，父母离异，奶奶病了。

我最后只告诉他一句话："还有半年时间，你自信，所以你无所不能。"

他吃惊地望着我，鞠了躬后，便跑回了教室。

从那天起，他利用下课时间回家为奶奶换药做饭，他成了全班最勤奋的学生，我无法用教育体制的差别来说服他，更不能为他的将来做什么承诺，我只能鼓励他。

那个孩子，考上了一本，我敢说，并不是他的成绩非常优秀，而是一种信念，一种苦苦支撑的力量帮助了他。

20 世纪 90 年代出生的孩子，缺乏一种叫作信念的种子，他们大多娇生惯养，或者任性，更有甚者喜欢在网络和游戏中消磨时光。

许多孩子认为高考无用，我曾经遇到过一个孩子，他放弃了高考，去了一位富翁家里，为人家养藏獒，几年下来，他收入不菲。

其实，高考无法真正意义上与金钱挂上关系，你考上了重点大学，你将来就一定能够飞黄腾达吗？这根本不成正比例，高考只是一种考验，上大学其实并非只为增长你的知识，更重要的是，增加一种素养和抗压能力，增加你的情商，教会你面对挫折，战胜磨难。

一位大学毕业的年轻人，我的一个学生，在来信中这样写道：

> 大学毕业了，才知道，大学给予的，其实就是一种面对复杂社会前的准备，更是一种过渡。大学里，教会了我们做四件事情：钻研一个专业，参加一个组织，从事一项运动，培养一项爱好。

西奥多·罗斯福曾经说过：

也许个性中，没有比坚定的决定更重要的成分。小男孩要成为伟大的人，或想日后在任何方面举足轻重，必须下定决心，不只要克服千重障碍，而且要在千百次的挫折和失败之后获胜。

当然，自信只是一种前提与动力，需要有措施与手段，比如说如何努力，如何在繁忙的学业中保持一颗冷静的心？

自信就是灯，就是光，就是指引自己前行的桨。

自信就是风，就是月，就是宇宙苍生之所以可以无限运转的力量。

点评

本文叙述了自信的重要性。虽然看起来像说教，却让读者们感受到了一种从未有过的力量。什么叫作自信？自信就存在于一举一动间，存在于学习与生活中。

如果你无路可走

李世石与阿尔法围棋(AlphaGo)的围棋大战正酣。前两局,李世石输,第三局,李世石险胜,最终阿尔法围琪以4:1总比分击败李世石。

一时间,关于阿尔法围棋的谈论甚嚣尘上,世界的目光锁定在戴密斯·哈萨比斯的身上。他何许人也,竟然创造出如此精密的、可以战胜人脑的系统程序。

戴密斯年仅4岁时,便成了远近闻名的象棋高手,被称为无所不能的天才少年。但他在8岁时,对围棋产生了浓厚的兴趣,就他扔下象棋,开始研究围棋,并且几乎打败了美国围棋界的所有精英。

这样一个神童,思想并没有因此停顿下来,而是在思考另外一个难题:人脑是如何完成这样一个复杂的程序的,电脑可不可以战胜人脑?

匪夷所思的难题,这个难题一经提出,便被业界认为是不可能的事情。

要知道,人脑的思考过程是一个多么缜密的过程,电脑再先进也无法代替人脑的思想与能力。机器人只能维持一个或者多个简单机械的动作,许多科学家研究近百年,希望将人的大脑能力注入机器中,可是无一成功。

戴密斯的想法被认为是天方夜谭,许多人劝他停止研究。要知道,用大半辈子时间,研究一项没有任何结果的项目,将是一件多么残酷的事情,如果最终未能成功,将会心力交瘁。

戴密斯从10岁就开始研究了,他没有因为世人的流言而停下来,相反地,他以此为乐,业余时间或者是晚饭后,他总会投入其中,乐此不疲。

戴密斯研究了近30年时间,却没有成功。2008年,在一次他自认为十分有把握的人机大战中,他的系统败给了一个业余棋手。

新闻界哈哈大笑,围棋界更是一笑置之。

许多媒体认为:这样一个天才少年,走错了路,一耽误便是大半辈子。

戴密斯无路可走,想退缩了。

有天傍晚，他喝多了酒，走错了回家的路，一条狗在后面追他，他酒醒了大半，才发现是一条可怕的狼狗。他误入了一条死胡同，前无路，后有狗，戴密斯不知所措，他天生怕狗，狗是他的克星。

戴密斯看着高大的围墙，终于铆足了劲儿想蹿上高墙，一次没有成功，狗吓蒙了，站在原地观望，戴密斯试了 5 次才越上高墙。当时他太高兴了，因为这不仅仅是躲过了一次致命的伤害，同时对自己的研究也是一种鼓励。

那次遇狗事件，对戴密斯的影响很大，本来他不想走了，因为他感觉前方无路，现在他有了新的希望，他感觉光亮在前方向自己招手。

他遇到另外一天才好手艾佳 · 黄，两个人珠联璧合，一气呵成，2015 年他们宣布：阿尔法围棋系统已经研制成功，可以挑战任何世界级高手。

有人不服气，谁？许多精英们相继败北，2015 年 10 月，阿尔法围棋战胜欧洲围棋冠军、职业二段樊麾，惊动了另外一位高手——韩国天才少年李世石。

2016 年 3 月，全世界的目光注视在李世石与阿尔法围棋身上，李世石败了，戴密斯成了风云人物，关于他的评论漫天飞舞。

“如果你无路可走，那么，就跳跃起来，越过高墙。”

戴密斯在一次媒体采访中，这样陈述自己的人生。

后面，还有许多大战，不管结局如何，戴密斯和他设计的阿尔法围棋，已经用事实证明了努力创造的伟大。

点评

如果你无路可走，怎么办？原路返回，还是原地踏步？总会有少数人选择继续向前方走，碰壁、撞墙，头破血流，没有奋斗的人生，岂能精彩？

病痛不过是生活送给你的一场磨难

朋友有恙，进了医院，开始时是小病小瞧，后来听说发展成了大病，得的竟然是癌症。

我放下手头所有的工作，去看这个朋友。

去时心情忐忑，我这个人不知道轻重、口无遮拦，信口开河的结果就是得罪了许多人，因此这次去之前，我努力搜索了以前学过的关于问候的词汇。

没有想到，我本来以悲哀的面貌示人，我得到的却是一屋子的笑声。

他在哈哈大笑，什么逻辑？妻子则在一边给他念笑话，一边念着一边笑着，护士过来换药，也跟着笑。

他指着妻子对我道："老弟，坐吧，她可是笑坏我了，她不当演员，是因为张艺谋没发现她的优点。"

"你……怎么样？"不知所措，语塞了。

"没事呀，得的是癌，得了就得了吧，我的女儿仍在远方读大学，她只回来一次，同事们都来看我了，可是，我送给他们的全是笑声，这有啥呀？"

朋友的一席话，让我感到无比震惊。

他检查的时候，妻子就告诉了他实情，他非常平静。一般人家，都是瞒着病人，生怕他们会万念俱灰，可是，他的家人并没有以这样的方式瞒天过海。

通常情况下，如果病入膏肓，家人一定哭丧着脸，或者病人欲哭无泪，求生不得，求死不能，或者干脆等待死神的降临。

可是，他却没有，他大口吃喝，他的爱人本来就是"没心没肺"的人，平日里就喜欢打打闹闹，现在依然耐不住性子，与同床的一位老爷子，不停地聊天，家长里短，古今中外，惹得医生们也不由得竖起了大拇指。

不仅如此，他与她，还相约今年暑假去看望女儿，他们约好了，要用余生的光阴，转遍中国的大好河山。

“病也是生活的一部分，哪有不得病的，放心吧，老弟，生命这趟车还远着呢，我不会轻易下车，我要到终点才下，病痛不过是生活送给我的一场磨难。”

我紧握着朋友的手，发觉自己以前的人生观是错误的。

没有人可以不经历磨难便走完这一生，就好像一朵花如果不受伤，恐怕还挺不过今年的花期。

人们每每遇到挫折，总会以恐怖示人，面对有了困难需要帮助的人，送给他们的也尽是哭诉。但是，病痛不过是生活送给你的一场磨难，磨难过后，就会遇难呈祥、阳光普照。

点评

本文题目出彩，构思出奇，从病痛入手，题目直接点出了论点：病痛不过是生活送你的一场磨难，从而淡化了人们对病痛的恐惧。

被买断了的“漫不经心”

阿三是班里最难管的孩子,他每天耷拉着脑袋,老师与同学们都猜不透他的心事,这一度令几任班主任望而生畏。

新学期开始后,班里换了一位“大眼镜”老师,他的眼睛近视得很,每天上课时,睁大了眼睛生怕有谁从自己的眼神里逃走。但唯独那个阿三,每次都在不经意间,就将生活之舟驶出了“大眼镜”设定的航线。

阿三的“事迹”终于被春风带走,飘到校长的耳朵里。传至家长无奈的眼眸里。校长下了最后通牒,要么让此人有“效益”,要么让他从班里“倒闭”。

那天,正在上课,阿三睡着了,正做着“南柯一梦”,“大眼镜”兴冲冲地跑到他身边将他推醒,同时将一张一元硬币塞进他的手心里,“阿三”的眼睛里闪现了从未有过的犀利。“大眼镜”扶了扶眼镜说道:“这位同学,你知道吗? 我小时候上学时很爱睡觉,当时我就坐在窗前,喜欢看窗外的麻雀嬉戏,更喜欢闭上眼睛,让梦想遨游于自己的心海,那真是一种享受哟! 但这么多年过去了,我的愿望却一直搁浅,所以,我给你一块钱,请你帮我实现我的梦想,你每天在我上课时,能够美美地睡上一觉,或者是说看着窗外发会儿呆,只要让我们感觉到你是在完成我的心愿就行。”

在我们与阿三的诧异声中,“大眼镜”又开始上课了,阿三拼命地闭上眼睛睡觉,因为人家已经出了钱,你必须要听人家的,这下子心安理得起来,上课睡觉还有人埋单,何乐而不为呢?

接下来,阿三实现了五连冠,连续收到“大眼镜”的五张一块钱,下一个星期时,“大眼镜”突然跑到“阿三”身边,这次手里拿着的是五毛钱,他不好意思地说道:“实在抱歉,我的工资被扣掉了一部分,所以,根据我个人的财政状况,我只能付给你五毛钱啦!”这令阿三很不满意,心想我是在为你做工作,你却少给了我一半工资,因此,在上课时,阿三只是象征性地睡了会儿,其余的时间将眼睛转到了讲台上。

又一个星期过去了,“大眼镜”再过来时,钱又少了许多,只有两毛钱,阿三急了。什么?我这么替你卖命地实现梦想,你却一直在减我的报酬,这个工作不干了,你将钱拿走吧。

“大眼镜”装作很失望的样子,阿三冲大家说道:“我不会那么傻,我以后不会再睡觉和看窗外了,不然我很不划算的。”

阿三哪里知道,“大眼镜”虽然没有实现自己的梦想,却用很少的钱买断了他一度改不了的“漫不经心”。

点评

英国教育协会的教授斯塔朋认为,对孩子大声吼叫是个很严重的问题,虽然孩子需要激情去面对外面的世界,但大声吼叫表现出的激情并不是好的引导方式,相反,对孩子怒吼,特别是不断地大声斥责孩子,孩子受到的伤害很大,这甚至比打孩子还厉害。

第二辑　尘埃里的佛声

佛语有云:麻雀就是你今天早晨的佛声。

此情此景,那声声有力的口号仿佛一句短谒穿越时空而来,将我悬游于生命的烦恼蛛丝轻轻洗涤,取而代之的是鞭策和搏击。

那尘埃里飘荡着的佛声,声声入耳,使我不敢放弃、消沉和懈怠,我知道,那是生命赋予我们最珍贵、最激扬的启迪。

地狱里的天堂花

她1945年出生在仰光,出生时雷电大作,接生婆抱她出来时,笑呵呵地夸奖她哭声响亮,是个不同凡响的女孩子。

她果然与众不同。上学的时候,她就喜欢演讲,有与生俱来的演讲才能,且思维灵活。她敢于打破学校里的传统习惯,不让谈恋爱,她就偏偏反其道而行之,高中的时候就领着个男孩子大胆地在校园里来回走,根本不顾及路人疑惑的眼光。在许多师长的眼里,她疯狂且执着,特立独行,想别人不敢想。

她桀骜不驯的性格终于使她招来了牢狱之灾。在她的带领下,学校里的许多学生参加了一次反政府的示威游行,这可犯了大忌,校长拼命地出来堵截,但她却坚持自己的政治观点:缅甸崇尚自由,鼓励公民反映自己的正确观点,有何不可?学生是国家的未来,如果学生们全部缄口不言,那国家还有没有希望?

武装部队使用了催泪弹,烟雾弥漫中,这朵鲜艳的奇葩倒在尘埃里,对她的惩罚是入狱15天。

她第一次进入监狱,没有阳光雨露,没有新鲜的空气,她第一次尝到了磨难的味道。当清晨的第一声钟响催她起床时,政府人员进入监狱,递给她一张纸,让她写下自己的罪行,然后根据表现和反省状况决定是否可以让她提前出狱。

她没有接那张纸,只是抬起头看天花板,有一些残水从参差不齐的缝隙里渗出来,打在地板上,砸出一个个深坑,有一些调皮的动物从仅有的一扇小窗中探进头来看着她,笑她的不可一世。

满眼的失望与无助。她的手不由自主地将纸放在桌子上,然后握了笔,准备按照他们的做法,让自己早日脱离苦海。

但她的目光与一朵花碰在了一起,这朵不起眼的小花竟然开在潮湿的墙壁上,微小、纤细、弱不禁风,偶尔有一两丝风吹过来,它摇晃着脑袋,仿佛随时有泯灭的可能,但它毅然坚持着,将根牢牢地拴在本来就不可靠的缝隙里。

以后的几天时间里，观察那朵小花，成了她的主要乐趣，以至于政府十分不满意她的反省表现，终于有一天，一个士兵闯了进来，将那张仍然空白的纸撕了个粉碎，然后将那朵小花连根拔起，扔在地板上。

她失望至极，当士兵离开后，她捡起了那朵小花，它的根竟然有手臂那么长。她拼命地找了个湿漉漉的地方，挖开了一点污泥，将小花保护起来。第二天上午，花朵已经开始枯萎，叶子也开始泛黄，她哭得一塌糊涂。

她将自己喝的水浇在花的根部，然后寻找稀少的泥土将它围了起来，她对小花寄予了极大的期望，甚至将自己的命运与这朵小花联系在一起，花在她在，花亡她亡。

这真是一朵生命力顽强的小花，它竟然死而复生，重新张望着这个如地狱般黑暗的小屋，阳光终于照了进来，她的脸上写满了希望。

这个叫昂山素季的女孩子，出狱后开始从政，她以自己雄辩的口才与敏捷的思维很快赢得了良好的口碑与声誉，但不幸的是，她几次被军政府武装关押，最严重的一次是 1995 年，她被软禁了 15 年时间，直到 2010 年 11 月才被释放。

这朵生长在仰光土壤上的不起眼的小花，还是坚强地屹立于天地间，在她被释放的当天，无数名她的崇拜者举着她的名字游行，在选民们看来，她依然是一朵永不凋零的天堂花。

昂山素季，正是一朵开在地狱里的天堂花。

点评

地狱里有一种花，叫曼陀罗，它用鲜血浇灌，剧毒，坚韧不拔，由于卓尔不凡，被诅咒成地狱之花，上帝为了惩罚它，让它失去阳光，失去雨露，让每一个精灵住进它的花瓣里，让它失去自由之身。但是它却一直没有放弃努力，它挣扎、反抗、锻炼自己，几次将住在自己身体里的精灵驱赶出来。终于有一天，上帝感动于它的执着，让它获得了自由，曼陀罗成为名副其实的开在地狱里的天堂花。

经常行善的心灵不生锈

美国新墨西哥州的富瓦社区，是个富翁云集的地方。虽然说富得流油，但这里的治安与道德问题却长期困扰着执政者，这里的人们生活不和睦，爱斤斤计较，公益事业每况愈下，虽然政府采取了多项措施进行调控，但效果甚微。

其间，有个叫萨姆的神父向政府建议：将几十名乞丐赶到富瓦社区，因为街道上垃圾遍地，乞丐们可以完成这些富翁们不想完成的工作。政府勉强答应了。当时，大家都认为萨姆的进言不过是杯水车薪而已。

但接下来却发生了一系列令人瞠目结舌的事情，乞丐们在这个地方逡巡着乞讨，富翁们便不得不施舍一些自己的东西给他们，慢慢地，这里的人们心思变得缜密起来，多了许多同情心，他们开始互相同情对方，以至于后来，乞丐们变得非常富有，这已经是五年后的事情了。

于是，便有一些当地要员建议政府将这些乞丐驱逐出境，理由是乞丐们已然非常富有，并且这里的乞丐数量在增加，影响市容。接下来，政府下了驱逐令。

这一次，反对者仍然是当初的引进者萨姆神父，他说道："其实，我引进这些乞丐的原因，并不简单地是让他们过上幸福富有的生活，我是想为富瓦社区的富翁们找一个可以行善的地方。经常行善的人，心灵是不会出现问题的，他们能够给我们的心灵带来福音，如果我们把他们赶走了，用不了多长时间，这里的人心会开始涣散，慢慢地，就会回到五年前的状态。他们的离开，会使我们想通过布施获得心灵安慰和满足的机会消失，作为一个神父，我能够接受这样的法案吗?"

接下来，《基督教科学箴言报》发表了萨姆神父的观点后，引发了一场示威游行，有人反对政府的该项法案，他们的口号是："花时间去帮助别人，会医治自己的创伤。"后来，该法案被迫取消，乞丐们被警察护送着返回富瓦社区时，人们像欢迎英雄一样欢迎他们的回归。

"一个小小的善举，可媲美于运动一小时后所得的舒畅。"这是富瓦社区居民对行善的经典总结。

有了一颗经常行善的心，我们的身体会很健康，我们的心灵也会很开阔、自由，虽然是一场义务劳动，但我们收获的远比金钱珍贵，远比去健身房高雅。

点评

行善是一个社会话题。本文从行善入手，告诉大家一个富有哲理性的结论：行善的心灵才不会生锈。许多富人有行善无用的见解，但读过本文后，却让他们为之一动，明白行善可以滋养心灵。

没有双手，我们还有嘴

那一年的秋日，我和几位同学到郊外游玩，目的是排遣一下心中的郁闷。

走了一大段路程，我们都累了，便吵着闹着到附近的一个饭店就餐，饭店内的人并不多，我们只看到一个中年妇女带着一个两岁左右的小男孩在吃饭，令我们惊奇的是，母亲喂孩子饭的方式非常奇特，她用嘴叼着勺子，从碗里舀起米饭然后喂到孩子的嘴里。

我们原以为她是在哄孩子玩，但整个喂饭的过程却长达三十多分钟，这一切使我们对原来的判断产生了怀疑，我们纷纷扭过头去看那对母子，后来，闲着也是闲着，我们便拿出袋子里放着的饼干过来哄孩子玩。

孩子长得眉清目秀的，一见人逗他便发笑，胖嘟嘟的小脸瞬间开成了满园春色。

我们本能地伸出胳膊要拉孩子的手，但接下来我们看到的事情却使我们惊呆了。孩子空空的袖筒在风中飘荡着，我们为自己的冒失不知所措，赶紧准备回去避开这种无言的尴尬，孩子的母亲却笑着说："没关系的，这出于一场意外事故，半年前发生的，幸亏苍天有眼，保住了孩子的命。"

说着，她仍然用嘴叼着勺子给孩子喂饭，孩子兴奋无比地大叫着，好奇心在我的思维里闪烁着，我突然问她："阿姨，能问个问题吗？"她笑笑，"你是问我为什么用嘴给孩子喂饭吧，这很简单，他没有双手，将来许多事情需要用嘴来代替完成，孩子正是学东西的年龄，我不想从小给孩子造成一种自卑感，所以我就用嘴喂饭来引导他的思维，我要让他明白，用嘴做事情是一件正常的工作，不需要有压力。现在，他已经可以用嘴做好多的事情了，比如他会用嘴叼着玩具来玩耍，或者是用嘴拱玻璃球玩，许多原本用手完成的事情，用嘴照样可以完成，真的，我很骄傲，我的乖孩子可以用嘴做好多好多的事情啦！"

点评

这是我见到的世界上最机敏、最有智慧的母亲，她用一份执着的信念代替了几个月前撕心裂肺的伤心欲绝，她用一种无言的方式让孩子从小树立了阳光向上、不折不挠的人生观。即使没有双手，我们还有嘴，我们照样可以完成许多工作，我们的人生照样可以精彩无限。

父亲就在人群中

约瑟夫的小手冻得通红,他在接近那家汉堡店门口时,被一帮保安打了个体无完肤。他们将他当成了乞丐,约瑟夫紧绷着脸,一声不吭毫不反抗地忍受着他们的暴打,他似乎在等待着另一种失落过后的爆发。

晚上,他没有回家,家不是最温暖的,他不愿意见到继母。他可以到孤儿院去,那里可以寄宿无家可归的孤儿。但约瑟夫在预谋另一件事,他从小对社会充满了仇恨,父母的离异,父亲的再婚,父亲无缘无故地离家出走,使他将所有的罪过横加到继母与社会身上。父亲一直对他很疼爱,他也最听父亲的话,他喜欢坐在父亲的怀里听父亲讲旧时代的故事,但这一切都成惘然。

他曾经对继母横眉冷对,还发誓会给她点儿颜色看看,所以,家对于他来说就好像手上的冻伤,流着寄人篱下的脓血。漫漫长夜的寒冷,加剧了他的冻伤,终于在半夜里,他撑不住了,支撑着跑回家里,屋门没关,里面炭火燃烧传出一阵阵哔剥声,他飘进自己的小屋里,和衣睡下。

接下来几天,他开始在本子上书写自己的行动计划,草纸上写满了地址与符号。他并不聪明,为了不忽视任何环节,他索性一笔一画地将整个方案写在纸上,然后他便穿梭在自己的想象里。

约瑟夫的具体计划是:去某家零用品店抢出一部分钱,大吃一顿,然后买上一大堆雷管,跑到那家汉堡店门前,点燃它们,然后自己便飞逃在人群中。一周后的一天,他突然收到一封信,信是继母给他的,邮戳上盖着来自费城的字样。打开信时,他一下子惊呆了,信居然是父亲从费城写来的。父亲说他正打算回家,并且想考验一下约瑟夫在家里是否淘气,他说他会混在人群中,查看约瑟夫的行动是否异常,然后等到约瑟夫发现他时,他会送约瑟夫一份最大的惊喜。

父亲年轻时做过演员,喜欢扮演各式各样的角色,小时候,他经常将自己化装成理发师、生意人等等混在人群中让约瑟夫猜,约瑟夫每次都以失败而告终。

父亲要回来了，约瑟夫突然感到一种恐惧与担心，父亲是绝不允许自己有这样的非分之想的，但无论如何，他必须要为自己的策划付出一定的心血与劳动。

他走在人群中，戴着草帽，接近那些零用品店，正当他掏出匕首准备行动时，他忽然看到一个理发师模样的人在冲他微笑，他不知所措地收回了匕首，大气不敢出地跑向远方，一定是父亲，他在考验我，他就在人群中，我得赶紧离开，否则他会对我大打出手，父亲说过打也是一种爱。

约瑟夫第二天换了一家，他想着，父亲不可能知道自己的行动，他看见一位姑娘在门口叫卖食品，便上前接近她，忽然有人拍了他的肩膀，小兄弟，把路让一下，我的马可有点儿烦人，他会踢着你的。一位生意人赶着马车从自己身边经过，那人回过头来看他时，约瑟夫突然感觉到一种父亲的威慑力，是父亲，他怎么跑到这来啦，并且他换了装束，差点让我认不出来。

就这样，约瑟夫在成长中，始终感觉到父亲就在人群中，他开始变换一种目光凝望整个社会。慢慢地，他感觉到其实不是所有人都对自己使坏心眼儿，有许多人在帮助他，有些人甚至在他最困难时送给他一块汉堡，他兴奋不已。

十八岁那年冬天，继母溘然离世，在整理继母的物品时，他找到了一份死亡通知书，是父亲的，在十年前，父亲在南方的城市因公殉职。

另外找到的，是无数张草稿纸，是继母模仿父亲的笔迹留下来的，上面的草稿与父亲的那封信一般无二。约瑟夫忽然明白了，是继母发现了他的那些草稿，她为了挽救他，背着他起草了父亲的信，那是多少心血凝结成的信呀，约瑟夫居然没有察觉不是父亲的笔迹。

约瑟夫一直相信继母所编织的谎言：其实，父亲就在人群中望着自己，他和继母都相信约瑟夫能够长大成人，坚强自信，永远充满朝气与活力。

点评

父爱是广阔的大陆，永远那么包容；父爱是无声的溪流，永远那么蕴藉；父爱是巍峨的大山，永远那么高尚；父爱是温暖的阳光，永远那么忘我。

幸福也是一种病

英国东北部有一个小镇叫卡奇镇,镇上的人安居乐业,安享太平美满的幸福生活,村中的人得益于祖上的福荫,加上政府的福利待遇良好,因此一段时间以来,他们每天需要做的工作就是想如何玩乐,如何自由潇洒?男人们常常聚集在一起研究扑克牌,据说这是一种古老的东方艺术门类。女人们则聚在一起,东拉西扯地虚度光阴。

这样的日子一直延续着,直到有一天早上,有一个叫奇娅的女子开始离奇地出现头痛的症状,她的爱人大惊,马上将她送到附近的医院,但检查的结果竟然是她身体没有任何异样,医生直摇头,认为可能是着了风寒,包了些药让她回家里调养。

她的病还未痊愈,又一个男子也得了这样的病,且症状明显多于奇娅。

不到半年时间,这个小镇离奇得病的人开始增多起来,但大家的检测结果均显示没有任何异样,各项化验均合格。小镇里一时间传说纷纷,大家认为是这儿的地气出了问题,有的人干脆请了巫婆过来,还有些人想着不能这样让幸福的生活流逝,应该抓紧时间搬离这个"鬼地方"。

奇娅的爱人十分疼爱奇娅,眼瞅着她症状加剧,他心中痛苦万分,便将所有的积蓄都用来给奇娅瞧病,但效果不十分明显。

就这样,他们很快又回到了生活的贫寒原点。不得已,奇娅的丈夫成了镇上第一个外出挖煤挣钱的男人,挖煤的地点离小镇不远。奇娅知道煤矿十分危险,因此她便时常地给他送饭吃。连续奔波几日后,奇娅感觉病痛的症状有所减轻,她喜出望外,便增加了送饭的次数,原来是一天送一次饭,或者是有时候不去也行,后来便一日三餐全部由奇娅送饭到矿上,她每天用自己的脚丈量着生命和土地之间的距离。

半年以后,奇娅的病神奇地好了,不再需要配合药物治疗,直到突然有一天,健康的她与丈夫出现在医生面前。

小镇上的病人开始效仿奇娅让每天的生活充实起来，不再聚集在一起无所事事，他们的病痛一个个开始减轻，并且逐渐康复。

医生的名字叫作卓尔，他也是一个心理学家。他认真地分析了事情的前因后果，果断地做出了这样一个结论：他们得的是“幸福病”。

他是这样解释的：每天生活平淡安逸，肌体长时间无所事事，身体僵化，不能够维持生命的正常新陈代谢，直至伤寒淤积，开始出现了病痛，他将这种病称呼为“幸福病”。

原来，太过安逸的生活，居然可以滋生出如此奇怪的病症。

一片湖，宁静如处子，时间久后，污物横溢，细菌滋生，当地居民采取了许多措施，皆无效果。一天，一位过路人闻讯赶来观望，他说出了解决问题的办法：让新水不断地注入，让渔民不断地从湖中获取利益，让小孩子不停地走过来，在湖上面打出一个个精美无比的水漂。

点评

幸福也是病，这个话题颠覆了传统格言。标新立异，语言也相当到位，让读者们看后，收获了一份久违的感动。

钥匙就在我们自己手中

1910 年初的一天,巴黎市郊的街头,一个蓬头垢面、衣着破烂的年轻人立在寒风中,他的手里托着无数份加起来比他还重的报纸在街上叫卖,他的手指被冻出了鲜血。他顾不了这许多,他所有的努力只为了能够找到一个避风的港湾让自己几度受伤的身体暂避一下世间的风险,在此之前,他做过学徒工,卖过唱,但所有的努力也无法挽回他失去双亲、一贫如洗的命运。

他没有学历,虽然自小酷爱音乐,却无法进入正规的音乐学院接受教育,他曾经无数次向往过巴黎音乐学院的台阶,那些高高低低的音符,让人如醉如痴的赞美诗篇,但一个愣怔后,饥饿和寒冷总是无情地击碎了他的美梦。

他卖报纸的工作逐渐稳定起来,虽然是一个小角色,但至少他已经拥有了一份比较保险的工作,因此他十分卖命,总想通过努力来证明自己是一个顶天立地的男子汉。

那一年的春天,他来到办公室等待领取成摞的报纸,但遗憾的是收发人将钥匙落到了家里,如果回去取的话肯定会耽误今天报纸的热卖,因为报纸都是有时效性的,如果到了下午去卖的话,肯定一文不值。收发人急得额头浸出了汗水,有人提出毁掉门上的锁,但如果这样的话,收发人就会失掉这份难得的工作,所有的人扒着窗户束手无策,不知如何是好。

年轻人也焦急地等在屋门口,他也盼望着能够早点儿把门打开,以免影响到他今天的收入。他手里拿着一枚小小的卡片,这是他在街道上无意中捡到的,觉得坚韧且有弹性,便将它放在手中不停地把玩,就在所有人无计可施时,年轻人忽然发觉这门的锁是那种背后装着的暗锁,并且门缝与门壁中间有一条很宽的缝,他急中生智,轻轻地将手中的卡片塞到门缝里,上下划拉,并且用手摇动着整扇门,奇迹突然间发生了,他用一张卡片打开了这扇坚固无比的门。

一个小小的变故,却从此改变了他的人生观和价值观,他由此证明了自己的能力，他用卖报纸挣来的钱买音乐书苦研。后来，他谋了一份到音乐学院送菜的工作，于是学校的窗户外面，便多了一个编外的学生，他利用业余时间偷偷地学习老师所教的课堂知识。一次更好的机遇里，他遇到了音乐学院的一位老师，当老师听到关于他的经历后，答应让他做免费的插班生。

时间一年年地在所有人的手指间无情地流淌着，这个年轻人，终于以一曲《挺起你的胸膛》而闻名天下，这个青年男子叫比尔撒丁，他后来成为一个小有名气的音乐家，至今仍有许多人在津津乐道他的作品。

许多时候，真正阻碍我们前进的不是门，而是内心深处的枷锁，是我们的懦弱和胆怯，其实钥匙就在我们自己手中，哪怕它只是一枚小小的卡片。

点评

当我们的人生陷入低谷时，所有的障碍都会在瞬间蜂拥而来，这是我们悲哀的思想在作祟，与命运无关，但就是这一扇扇我们认为坚固无比的门，摧毁了多少人的满腔信念和冲天豪情，有些人甚至止步于成功的台阶前。

父亲的角色

托恩会抱着我，将我放在他的头顶，我则用尽全身的力量维持着脆弱的平衡，有一丝害怕，但只要有他的手在，我的心中则充满了坦然和安全感。

托恩将我当成了宝贝，我将他当成了偶像，我从不会尊敬地叫他任何称呼，只是咿咿呀呀地吩咐他抱着我飞来飞去，哪里人多去哪里，哪里热闹去哪里，从不管别人的眼光，但托恩是不会让任何女人抱我的，他不喜欢让我过早地接触女人。终于有一天，当我从小嘴里委屈地叫出一声“爸爸”时，托恩快要四十年的青春年华突然间苍翠挺拔起来，他大声地狂呼着，因为他找到了一位可爱的男孩子继承他的衣钵。

这就是我的父亲托恩，从小喜欢将所有的快乐送给我，不让我接触任何是是非非，而他自己则一直委曲求全地生存着，我从未送给他任何眼泪，他不喜欢，他告诉我，男子汉绝不能轻易掉泪，泪是送给懦夫的最佳礼物。父亲的马戏团成立于何时，我记不清楚，但印象里不管父亲多忙，就是到了日理万机的地步，也会在周末腾出时间来陪我和母亲，他总是亲昵地在母亲的额头吻一下，然后将其余的90%的爱全部送给我，生活在父母的荫护下，我觉得很幸福，当别人家的孩子遭遇家庭变故时，我只能投以可怜的一瞥，因为自己生活在蜜罐里。

父亲的角色成熟、稳重、大方，我曾经看过他表演的小丑角色，让我幼小的心灵对他充满了崇拜，他的表演赢得了经久不息的掌声。回家时，我总会将父亲的表现讲给母亲，母亲沉默不语，最后说你有一个好父亲，相信他会给你带来幸福。

我上大学后一直生活在外面，很少回家，偶尔回去时，母亲便匆匆忙忙地打电话让父亲回家。父亲老了，一种陌生感横亘在我们中间，他显然早已失去了往日的风采，我也不会肆无忌惮地骑在他的脖子上撒娇，那只是过往云烟里的陈年往事。父亲对自己的家有些不熟悉，我刚想问他，母亲说父亲长年在外，加上年老体弱，经常忘事情，她不断地提醒他厕所在哪个地方，厨房在何位置，父亲总是搔搔头,“老了,眼睛看不清楚了”。

那一天傍晚,突然接到家里的电话,说父亲亡故,这个消息使我崩溃到极点,父亲远离我而去只是一个遥遥无期的结果,我知道那一天会到来,但没想到生命会如此短暂和脆弱,回到家时,母亲正蹲在父亲的棺椁前为父亲祈祷,就这样,父亲远离我而去。在整理父亲的遗物时,我突然间发现了一个掩藏了将近十五年的秘密,父亲和母亲,竟然早已经离了婚,有离婚证作为铁的证明。父亲写给一个叫紫瑞的女人许多情书,那女人也给他回了许多信,这种变故使我对父亲的良好印象产生了怀疑。

母亲告诉我一段让我惊诧不已的故事:

他们的感情一直不和,但为了我他们一直勉强维持着生活。直到后来,他们实过不下去了,便在离婚书上签了字,但父亲央求母亲,不要将消息告诉我,害怕我幼小的心灵承受不了如此大的打击。他和母亲编织了一个将近十五年的美丽谎言,表面上说父亲一直漂泊在外,其实父亲住在郊外的一所旧房里,他每周末回家,其实是从郊外往家里赶。直到我上了大学后,他依然保持着与我团聚的习惯,他害怕我会生疑,因为久未在家里居住,他早已忘却了家里摆设的确切位置。

紫瑞曾经与他相恋了十年,但他们最终未能走到一起。母亲说原本他们想结婚的,但后来觉得对我不利,婚期便一拖再拖,直到去年准备停当快要结婚时,父亲却稀里糊涂地病了,一病再没起来,更加可怜的是紫瑞在父亲死后的第二天夜里,被一阵雷电击死在破房子前。母亲接着说:“其实,我们打算瞒你一辈子的,但你父亲走后,我觉得于心不忍,他为你牺牲了大好的青春年华,我应该让你知道他的苦衷,他是一位好男人,好父亲,只是我无福享受,我们不适合,这无关于感情和对你的爱,只是我们的性格有些格格不入,但我从内心里一直敬佩他。”

点评

也许父亲的角色就是:给自己的孩子以圆满,不让他们过早地承受世间的悲欢离合。每个父亲的头顶上都坐着一个乖巧的婴儿,他紧紧地抱着自己的孩子,夕阳下总会有一道踽踽而行的身影。

如果一滴眼泪有了渴望

1978 年 3 月，日本东京松下政经塾，松下老师正在审问一个面容瘦削的孩子，他举着教鞭，要求孩子讲述偷盗书包的经历。

前原绷着脸，一声不吭，松下老师对这个内向的孩子一直束手无策。他的家境不好，父母均是农民，种着几亩薄田，他能够在松下政经塾学习，完全得益于他有个好叔叔，他的叔叔与松下老师是莫逆之交，但现在有人举报了这个事实，前原偷盗了一位学生的书包，并且赃物在他的宿舍中被发现，百口莫辩。

一滴眼泪从前原的眼眶中溢出，前原好不容易说出了话，他对松下老师及同学们说道，书包不是我偷的，有人诬陷我，我会向你们证明的。

接下来的几天，前原失踪了，大家都以为他因为犯了错误不敢面对现实，便一笑了之。几天后，松下老师突然间宣布，自己从京都买来了一块玉石，他让大家鉴赏这块玉石的奇特功效，说它可以在夜晚时分散发出迷人的光彩，同学们张望着，眼神中尽是钦佩。

松下老师每逢周三便会到自己的家乡北海道去看望自己的母亲。

周三下课后，松下老师便匆匆离开了政经塾，通常他办公室的门会虚掩着，因为根据他的讲课原则，他相信所有的孩子都是诚实的，都不会做出鸡鸣狗盗的事情。

学生们基本上都住校，有的去外面玩耍，有的读书，有的干脆躺在床上做着美梦。

夜晚时分，万籁俱寂，一个黑影接近了松下老师的办公室，他个头矮小，小心翼翼地推开虚掩的门，吱吱呀呀的声音令他有些胆寒，但他犹豫片刻，观察周围没有人跟踪自己时，他还是选择了冒险。

玉石在深夜里闪着凄冷的光，他将玉石捧在手心里，然后退到了走廊里，当他拐了个弯，庆幸自己的成功时，突然间走廊的灯亮了，松下老师、前原站在他的面前，接下来同学们蜂拥而至。

这个叫前原诚司的孩子，用一场计谋来证明了自己的清白。

他在自己的日记中这样写道："我不能让眼泪永远陪伴自己，我会向世界证明，我是个了不起的孩子。"

前原诚司毕业后开始从政，他一路顺风顺水，中间也历经无数波折，他曾经被许多政界人士排斥过，他曾经有过放弃从政的念头，但直至 2010 年 9 月，菅直人连任民主党新党首后，他成为日本的新一届外相。

点评

如果一滴眼泪有了渴望，他不会放弃，不会沉沦，他会将眼泪变成成功的引擎，然后等待着收获微笑，收获胜利。有时候，眼泪也是我们取胜的源泉，眼泪也可以成为奋发向上的动力。

一支铅笔有了梦想

1968 年 3 月,苏联西南部索契市第一中学某班。海姆高举着手,示意老师自己有话要说,他刚刚动手试验了一项搞笑的发明:他想用磁力让一只青蛙悬浮于半空中。

索诺斯基老师让他站起来,海姆向周围的同学们做着鬼脸,并展示着自己伟大的成就。他站在课堂上,将一只青蛙放在课桌上,然后将一枚巨大的磁铁高高地举起来,青蛙神奇地被吸了起来,虽然只有短暂的几秒钟,但令现场的同学惊叹不已。

海姆的解释让大家瞬间释疑。他将一枚巨大的铁块塞进了青蛙的身体里。索诺斯基老师对他的恶作剧表示反感,大声地怒斥他:“青蛙是对人类有益的动物,你这样折磨它,它会生气的!”

海姆下课后遭到了惩罚,许多同学对他的这项发明嗤之以鼻,认为他只不过是个十足的小丑罢了。

海姆又对铅笔产生了浓厚的兴趣,尤其是对铅笔中的石墨,如果将来有一天,将固体石墨变成液体石墨,岂不是一件十分快乐的事情。他将石墨刮了出来,加入了各种液体。曾经有一次,他在自制的实验室中实验时,因为一场火灾而烧焦了自己美丽的头发,他为此懊恼不已,劝告自己再也不要痴狂于这些无聊的梦想了。

进入英国曼彻斯特大学后,他对这些别人看来无聊的游戏更加痴迷,他与同伴合作,想从石墨中分离出石墨烯,因为这是一种公认的最薄的、最坚硬的、也是传导速度最快的新型材料,许多科学家都在研究这项技术,但他们都无法成功分离出石墨烯。

经过长达十年的努力,海姆和他的同伴成功地用一根胶带,采用撕裂的方法从铅笔的石墨中成功地分离出了石墨烯,这个成果的问世,震惊整个世界。

由于他们的突出贡献，安德烈·海姆和康斯坦丁·诺沃肖洛夫获得了2010年度诺贝尔物理学奖。

点评

看起来十分简单的实验过程，却得到了意想不到的成果。有时候，狂想加上努力加上自信加上机遇，也可能奏响成功的交响曲。

让跑在你前面的人打破纪录

1966 年 11 月，苏联奥什市某中学，一年一度的校运动会拉开了帷幕。女子马拉松比赛正在进行，报名者极少，只有三个女孩子，这项比赛裁判员的人数超过了运动员。

现场有许多学生和群众围观，三名运动员蓄势待发，其中一个女孩子名字叫作奥通巴耶娃，她身材中等，体形偏瘦，是三名学生中最有实力的选手，大家对她报以热烈的期待。许多同学热情地支持她，并且在沿途上设置了蓄水点，以便她可以及时补充能量。

因为考虑到学生的体力，整个赛程缩短至 8 千米，没有执行国际比赛规定的距离。

比赛开始了，3 名运动员马上分出了高低，奥通巴耶娃体力好，遥遥领先于其他两个同学，在跑到 2/3 距离时，她已经领先第二名 100 余米。

在离终点还有 2 千米左右时，她感觉自己的体力下降得厉害，口干舌燥，脚下如灌了铅般地沉重。她意识到自己今天后半路的状态欠佳，正在此时，后面的一位同学超越了她，她鼓足勇气跟了上去，但还是与对手差了半臂的距离。

奥通巴耶娃感觉口干舌燥，一位同学送给她一瓶水，她喝了几口后，本应扔到地上，这也是长跑运动员的一种习惯姿态。

出乎所有人的意料，她竟然将那瓶水送给了跑在她前面的同学，一切发生在瞬间，周围的同学惊呼时，那名同学接过水瓶，喝了几口后，扔进了旁边的稻田里。

比赛的结果可想而知，那名同学由于及时补充了水分，破天荒地打破了校运动会马拉松的纪录。

同学纷纷责怪奥通巴耶娃，认为她不该送给对手那瓶水，正是那瓶水救了对手。

她接受校杂志采访时说道:“我已经感觉不行了,体力不支,即使是补充水分也不可能战胜她,我想可让帮助她打破纪录的,要知道,这个纪录已经20余年没有人打破了。”

帮助对手赢得比赛,奥通巴耶娃的行为在学校内部一石激起千层浪,有人说她傻,有人说她善良、大度。

这个叫奥通巴耶娃的女孩子,后来踏入政坛,她曾担任过吉尔吉斯斯坦外交部部长,反对派领导人,并且领导过“郁金香革命”。视对手为朋友,这是她一贯坚持的人生原则,这也使她无论在朋友中间还是在对手中间都赢得了良好的口碑。

2010年7月,吉尔吉斯斯坦发生骚乱,奥通巴耶娃临危担任吉尔吉斯斯坦过渡时期总统,她成为吉尔吉斯斯坦名副其实的掌门人。

即使你赢不了比赛,至少可以让跑在你前面的人打破纪录。这也许是她成功的要诀。

学会帮助别人,不是为获取利益,而是一种心灵的坦然、人格的健全。学会帮助别人,是春风梳柳的轻柔,是夜雨润花的滋养,是扶助推车人的一臂之力。学会帮助他人,让他人开花,自己也可以受益无穷。

点评

赠人玫瑰,手留余香。本文通过名人故事,叙述了帮助他人也让自己有所收获的哲理。

没有人为你的失败埋单

1988年12月,圣诞节前夕,罗伯特邂逅了一位身材曼妙的女孩子,她的名字叫莎落。罗伯特忘记了第二天的足球训练课程,而是将整个晚上都用来追求这个美丽的女孩子。

几天光景,她便成了他的初恋女友。罗伯特冒着被教官开除的风险,放弃了好几场重要的比赛来陪这位可爱的女孩子。莎落也十分在意罗伯特,可以说是一见钟情。

罗伯特沉迷于恋爱中,忘记了一心热爱的足球事业。

纸没有兜住火。他连续性地恶作剧终于震怒了教官,他被教官严厉地批评,甚至被要求停课反省,因为他的心根本就没有放在足球上面。

与莎落疯了一段时间后,罗伯特想放弃足球事业。这遭到了父母的反对,父母语重心长地与他谈话,让他不要只顾着谈恋爱,爱情不是一件简单的事情。但罗伯特却反对道:"她爱我,我爱她,这就行了,至于说事业,那是以后的事情。"

这件事情在一年以后发生了质的改变,莎落居然移情别恋了,她与他的爱情只不过是一段镜花水月般的实验而已。得知这个消息后,一心向往爱情的罗伯特根本无法全身而退,他选择了自怨自艾和愤怒,他要报复莎落与她的新男朋友。

当他准备好工具时,却被父亲抓了个正着,父亲拽着他的脖领子问他:"你知道为什么莎落不喜欢你吗?"

"她自私自利,根本就是在戏耍我的感情",罗伯特振振有词。

"你错了,她喜欢的男孩子应该是一个佼佼者,一个同时注重爱情与事业的人。可是你呢,竟然放弃了自己一心想从事的足球事业,你花天酒地,无所事事。你去看看她新交的男朋友,他年仅21岁,已经创立了一家属于自己的公司。记住,孩子,没有人为你的失恋埋单。"

父亲的最后一句话铿锵有力、掷地有声，犹如醍醐灌顶。

罗伯特第二天便去找了教官，他想重新回到足球队，他为此写了一份长达10页的检查，以示自己依然有蓬勃向上的信心。

人生从来不会一帆风顺。

罗伯特在以后的道路上也面临了重重困难，但他没有再气馁过、报怨过，而是努力寻找自身的原因。

由于足球场上的出色表现，罗伯特·巴乔于1993年被评为世界足球先生，并于2003年获得金足奖。

也没有人为你的失败埋单，除了你自己。

点评

自信是成功的必要条件，是成功的源泉。相信自己是一种信念。自信是人对自身力量的一种确信，深信自己一定能做成某件事，实现所追求的目标。自信不能停留在想象上。要成为自信者，就要像自信者一样去行动。

“化悲痛为力量”也需要时间

一场地震袭击了墨西哥城，政府倾全力投入到抢救人员和灾后救援行动中。郊外，一间简易的孤儿院里，住着一群孤儿，他们大部分都是在地震中丧失了亲人的孩子，他们需要食物、医药，还需要心理干预，否则孩子们心灵上的创伤无法靠自身的免疫力去复原。

一群心理干预专家抵达这里，他们分工协作，执行包干制的分工办法，其中一个叫安斯的男心理医生分管了十五位孩子中的六位，很快地，他投入到紧张的工作中，他恨不得让时间静止下来，他好有足够的时间及早地让孩子们接受治疗。

在接下来的五天时间里，他成功地完成了五位孤儿的心理干预，他们一改原来沉闷的脾气与性格，开始与外界交往，并且逐步从丧失亲人的痛苦中苏醒过来。但唯独一个孩子贞妮，始终一言不发地坐在那里，她一直流眼泪，眼泪流干了，便痴痴地傻坐着，不与人说话，与世无争的态度。

安斯试着接近她，她却突然拿起砖头朝安斯抛去，猝不及防的安斯胳膊被击中了，安斯的火爆脾气在瞬间被激发到顶点。说句实话，做了这么多年这样的工作，让人冷落过，让人骂过，但还没有人敢对他这样重如安第斯山一样的男人动手，唯独贞妮。

他简单地包扎了伤口了，恢复了耐心。他知道这个小姑娘所受创伤极深，必须在最短的时间内将她体内的不健康因素剔除，找到一条捷径来挽救她的心灵。他远远地向贞妮喊话，但无济于事，在接下来的一周里，贞妮除了吃饭睡觉换一种姿势外，其余时间均是原封不动的形态，这让安斯无计可施。

他终于泄气了，他开始请求其余组的帮助，几位医生在一起开碰头会，在接下来的两周里，无论谁试着接近贞妮，都会遭受暴风雨般的反抗。僵持将近三个月后，院长与几位医生对贞妮彻底失去了信心，他们决定放弃对她的治疗，虽然这一决定违背人道主义原则，但他们还有更多的工作需要去做，“化悲痛为力量”才是所有医生与孩子们的共同选择，许多孩子们都已经恢复了常态，甚至有些孩子开始投入到运转伤员的工作中，因为政府的人力严重不足。

又过了半个多月，突如其来的余震瞬间掀翻了孤儿院的院墙，这里的人们慌作一团，院长急得像“热锅上的蚂蚁”不知如何是好。人们开始转移，院长突然想到了贞妮，他跑过去看那个小女孩时，却发现原来的位置上已经没有她的身影，再转回身看时，他发现贞妮正在护送一位比她更小的孩子，她的脸憋得通红，好像浑身充满了力量，院长几乎不敢相信自己的眼睛。

孤儿院又搭建在一个临时场所里，院长与安斯见贞妮忙活得差不多了，便过来与她谈心，小姑娘满脸的笑，与原来的她判若两人。安斯想弄明白这里面究竟隐藏着什么玄机，便问贞妮现在感觉如何。贞妮说好像做了一场梦，不过梦好像长了点儿，地震的阴影一直在她的脑海里盘旋着，直到昨天，她看到了天边的彩虹，雨后的彩虹，突然间苏醒了。

安斯惊诧地望着这个坚强的小女孩，这个他们一度失去信心不想救治的孩子。他忽然间明白了原来“化悲痛为力量”也需要一段时间，这可能与人的性格与基因有关，有些人接受治疗的时间短，而有些人会长一些。也就是说，面对这样的灾难所造成的结果，任何人、任何时间、任何状态下都不能失去信心与耐心，正如人身体上的伤口一样，有些伤口深，有些浅，有些人抵抗力强，有些人差，如果他们的主治医生不能结合具体的情况采取相应的办法，就会失去治疗的最佳时机。

院长与安斯擦干了额头的汗水，他们很庆幸在无形中给了贞妮一个产生力量的时间。

点评

不仅如此，所有的悲痛转化为力量都需要时间，只是，所有人都要给受伤的人一些时间，更要给自己一些时间。

爱，无处不在

我选择在野外做一个短暂的停留，其实是为了躲避她。她原来矜持稳重的内涵消失殆尽，对我的关心也明显减少，或者说她变得更加婆婆妈妈，总而言之，在我的眼中她快到了一无是处的境地。也许，离开或者分居是最好的解决办法，我们不忍谈离婚。

郊外静谧得很，自然风光使我的心情豁然开朗起来。我蹲下身时，发现了一个奇妙的景观，一大群小蚂蚁正在奋力拖着一只大蚂蚁的尸体，原本只是一个很细微的自然之道罢了，却使我脆弱的不堪一击的神经骤然紧张起来。我想着，大蚂蚁也许是它们的母亲或者父亲或者是最重要的亲人，它们不想让它暴尸荒野，所以，它们奋力地营救着，哪怕只是一具僵死的躯壳，我尾随着它们前行，它们的动作很规整，直到它们的身影消失在草丛里。

这也叫作爱吧，这是大自然赋予世间精灵最原始的情感，没有谁能够逃脱得掉，也许你会躲避一时，但总有一种情感让你泪流满面，用真心来找寻，然后报答。

拐过弯时，我又看到了惊险的一幕，我看到地上栖着一只小黄鸟，好像是从树上的鸟窝里跌出来的。一只老鹰将它视为猎物，正在老鹰全力以赴攻击时，树上突然跳下两只大黄鸟，双方对峙起来，这让我第一次接触到人类以外的爱恨情仇。它们僵持了好一会儿，我想着能够找一些方法驱赶走老鹰，但我不懂自然界的规律，害怕自己的行动为它们或者是自己带来不便，所以我采取了静观其变、明哲保身的方法。

老鹰退缩了，这大大出乎我的意料，当我的眼睛正为老鹰的逃遁迷离时，我看到一只大黄鸟突然蜷缩在地上，然后另一只大黄鸟用嘴叼它，那只受惊的小黄鸟也跑了过来。原来，那只大黄鸟之前就受了伤，刚才它是用尽浑身的力量挽救它的孩子。

瞬间的场景，使我有一种刻骨铭心的动容，这些洒落在世间荒冢的不为人知的爱啊，像一首首大自然馈赠给人类的赞美诗，让我们不敢懈怠。

转过身准备回去了，我不想让妻子担心，真的，刚才这些不为人知的爱敲醒了我麻木不仁的神经。路过公园时，我看见许多对老人挽着手走在一起，他们垂垂老矣，但他们相濡以沫的爱永远在世间传播。什么时候爱才能用尽呢，除非到我们老得不能再老的时候，但我们相信，这种情况永远不会到来。

快到家时，我恍惚看到门口电线杆子前熟悉的、等待着我却故意远离的身影。到家时，我看到一碗冰糖水放在桌子边，我的衣服叠得整整齐齐的，还有刮胡子的用具，还有那些不知名的好像小花一样丢掉在生活长河里的零星情感。她对我说："你不是要离家出走吗？这些东西我都准备好啦，现在你可以走了。"

我低着头回答她："有一种东西可以留下来吗？"

她拿眼睛瞪我，让我快说，我说："这几十年来我欠你的爱"。

总有一天，我们会感到新鲜无比的生活突然间成了一锅糨糊，你或许会大声吆喝世事发展得太快，使自己的爱情也突然间出现了审美疲劳。但当你收回跋涉了千里万里的步伐猛然回头张望时，扪心自问，究竟是爱消失了，还是我们的眼睛已经蒙尘，我们抚摸爱的那双手已经变得粗糙。

点评

其实，在生命的旅途中，最美的爱往往隐藏于最熟悉的风景里，擦亮眼睛，你也许就可以找到它们，比如那双刚刚被打亮的皮鞋，或者是清晨厨房里那些整日为你、为家忙碌的身影……

尘埃里的佛声

我所租的楼房下面，不知何时搬来了一群民工，热热闹闹地拆旧楼、盖新楼。这原本是一件再自然不过的事情，但与我的生物钟和爱好发生了一系列的碰撞。

他们起得早，睡得晚，一大早，窗外的麻雀还未醒来，他们便叮叮当当忙碌起来，晚上快到了十二点了，他们才下工，紧紧张张地做饭，吆喝声、呼喊声、欢呼声，好像刚刚解放的样子。

我喜欢晚睡晚起，因为自己喜欢爬格子的缘故，我喜欢夜晚安静祥和的氛围，这样自己的灵感便会蜂拥而至。但自从他们光临后，我感觉自己的天空尘埃遍布，每天神经兮兮地，灵感被一阵阵焦虑感赶到了九霄云外。

我曾经在夜晚十来点时，扒着窗户向下张望，发现他们依然一个个满头大汗地缩在尘埃里，号子声此起彼伏。我忍不住想骂他们，但真的与自己知识分子的身份不相符。实在憋不住了，我披了衣服下楼，准备向他们示一下威风，好替周围的邻居们出口恶气。

我来到他们旁边，像一个看客一样，我看到一个个忙碌的身影来回穿梭着，在这里他们简直像一支已经开弓的箭，再也停不下来。

慢慢地，原先的歇斯底里被他们的执着感染成了一种感动和敬畏，想着他们一个个背井离乡来到这里，他们已经将家里的老婆孩子包括自己的生死置之度外，如果哪个狠心的包工头不给他们薪水，也许他们一年的辛苦便付之东流。我想着，努力地想着，想起了旧时乡间父亲荷锄下田的背影，想起母亲坐在灯下，一遍遍地补着父亲穿了好些年的衣裳，想着，想着，我突然间泪流满面。

一个民工过来看我，他操着浓重的乡下口音问我："大哥，你怎么啦，不舒服吧。"我摇摇头，后来又点点头，他从脖子上将水壶摘了下来递给我说："我看见你在这里站很久了，许是你有困难吧，先喝口水吧。"我如获至宝地接住他递来的水壶，然后仰起脖子喝了起来。

那晚，我投入到他们的战斗中，我抡起了多年没有抡起的大锤，尽管他们一个个用担心的目光望着我这个“城里人”，我深深地投入进去，感觉忘了所有的忧愁，身边只有一声声铿锵有力的号子声，有色金属的分量仿佛突然间与岁月的铁道深深地接轨，然后，我所有骨子里埋藏着的爱和思念呼之而出。

佛语有云：“麻雀就是你今天早晨的佛声。”

点评

此情此景，那声声有力的口号仿佛一句短谒穿越时空而来，将我悬游于生命的烦恼蛛丝轻轻洗涤，取而代之的是鞭策和搏击。

那尘埃里飘荡着的佛声，声声入耳，使我不敢放弃、消沉和懈怠，我知道，那是生命赋予我们最珍贵、最激扬的启迪。

会开花就好

几乎所有的父母对自己的孩子都十分严厉,尤其是在学习上,我也不例外。小时候,常常是小伙伴们刚约好,游戏还没有开始,母亲便发现我逃跑了,三步并作两步地到处乱找,我大惊失色地躲在柴谷堆后面,大气不敢出,母亲还是找到了我,巴掌抡过来,我的脸上便开了花,鼻子酸酸的,眼眶里噙着泪。

接下来,我便被锁在家里,星期天也要忙着啃书本,用父母的话说,荒村里必须要飞出个金凤凰。

我是凤凰吗？我也许是凤凰下的蛋吧。

祖母与父母的态度截然不同,她常说的一句话便是:会开花就好。意思是说不要求花开得艳,开得美,只要能够打开花蕊就可以啦。为我的学业问题,祖母没少与父母争吵,父母总是对祖母说道:“不要拿过去的老眼光看现在的问题,现在什么年代啦。”祖母总是有板有眼的反击着:“什么年代了,只要还是人活着的年代,就得让人休息,还是那句话,会开花就好,不希望它开得美。”

祖母是家里的长者,开始时父母还与她一直理论着,后来父亲调城里工作了,很少回家,母亲不识几个字,也就对我松了套。我保持着班级里不上不下的名次,每次回到家母亲总是沉着个脸,祖母则总夸奖我是个好孩子,“比上一次的成绩提高了一分,好,芝麻开花节节高嘛。”

其实,我现在一直感谢祖母的坚持,才没有扼杀我对大自然原始的渴望与追求,使我很早就明白不能指望着书本过日子。

前两天看报纸,说有一个孩子由于学习的压力过大,父母的期望值过高,跳楼自杀了。放下报纸,我忽然间想起了自己的童年,这样的报道应该不止一次了吧,我一直对这种逼迫式的教育方式表示怀疑,可始终没有找到一个合理的理由来。孩子们的确太辛苦了,有人做过推算,孩子们每天背的书包不亚于农民工所搬的砖瓦与泥料,用沉重来形容,不算过分吧。

春天的原野上，鲜花烂漫，我始终找不到哪一朵花是最出类拔萃的。有一朵花开得最艳，可到眼前时我才发现，她的茎上居然伤痕累累，不知何时让虫子蛀蚀得不像样。

点评

大概这也是一种自然界的规律吧，这世上本没有最鲜艳的花，那么我们何苦非要让自己的孩子开得最大、最艳呢？会开花就好，这不能算作浅尝辄止，也不能算作胸无大志，只能算作教育孩子的一种心态吧。

可以交换的爱

儿子回家时,我在他的书包里发现一个变形金刚,这绝非他所有,我质问他这个东西的由来,儿子说是嘟嘟送他的。

说起嘟嘟,我便想起了那个可怜的孩子,身材矮小,身体发育不良,可能与营养不够有关。他家境不好,父母离异,母亲艰难地带着他过日子。我对儿子的表现极为不满,对他说:“你不该收嘟嘟的礼物,你应该比我更了解他的家境。”

儿子开始给我解释:“是这样的,你还记得吗?上一次体育课,嘟嘟的裤子突然破了,幸亏当时同学们没有发现,否则,他的自尊心会受到极大的伤害。我自告奋勇对老师说我抽屉里有针和线,是我妈妈让我带过来应急的,我还会缝裤子,老师将信将疑地同意了我的请求。

“我带着嘟嘟到宿舍里,费了半天劲才将嘟嘟的裤子缝好,虽然没有妈妈缝的效果好,但也说得过去,嘟嘟当时幸福得哭了,说要报答我。

“就在今天上午,他一本正经地送来一个变形金刚,我说不收,他则脸红得厉害,我们僵持了半天。后来,我觉得不收是对人家的不重视和伤害,便收下了,但我以后会继续帮助他的,我跟嘟嘟说我们可以将爱心交换一下。

“妈妈,我已经想好了,我会将这个变形金刚送给最需要它的人,这样我就可以将换来的爱心送给另外一个孩子,可以吗?”我没有想到儿子居然用这样一种别致的方式接受了嘟嘟的礼物,原来,爱也是可以交换的。

我郑重地点点头,感觉眼眶里一片濡湿。

点评

亲情是朱自清笔下父亲的背影;亲情是孟郊诗中母亲手中的针线;亲情是丢勒祈求的手;亲情是王维“独在异乡为异客,每逢佳节倍思亲”的感叹;亲情是苏轼“但愿人长久,千里共婵娟”的祝愿,亲情是……

宽容是一种最简单的爱

我放在办公桌上的一串葡萄不见了,这令我十分恼火,我不是心疼那一串葡萄,而是觉得我一年多苦心树立的尊严在那些孩子的眼里分文不值。我真后悔让他们在我的办公室排练,我在脑海里仔细地搜索着那十几个孩子的形象,然后,我的目光一个个定格在他们的脸上。

我在课堂上大声地向他们吆喝着,从未有过的嚣张气焰,好像是谁不小心触痛了我苦熬多年的青春。我说:"我对你们是信任的,知道吗?可你们却毫不顾忌我的尊严,我借办公室让你们排练,是想让你们找一个僻静的场所好好地准备比赛,可你们居然将我办公室里放着的一串葡萄拿走了,你们有勇气承认吗?是谁吃的,快告诉我,我要好好地处罚他!"

我神经质地质问他们,他们一个个站起身来,低着头,真的像犯了错误似的,他们没反应,我赌气摔门走出了教室。

后来想想,觉得自己有些可笑,不过是一串葡萄,至于吗?哪个孩子不曾犯过错误,我应该原谅他们,不能拿一节课作为赌气的代价啊,我有些脸红地想回教室,但一想到既然自己已经决定的事情,哪怕是错误的也不能随便更改,否则自己的脸面何存?

第二天,我到办公室时,突然看见课桌上有一大包葡萄,晶莹剔透的葡萄被裹在塑料袋里,旁边一张信纸上这样写着:"对不起,老师,是我们不小心吃了您的葡萄,当时我们排练觉得有些口渴,未经您的同意便动了您的东西,是我们不好,请您原谅我们,我们全体同学等您为我们讲课,请您千万不要生我们的气,如果您走了,我们就失去了一位好老师。"下面是十几位同学的签名。

我感觉眼睛有些酸涩,为他们道歉方式的别致,同时也为他们的天真纯净,我将那些葡萄拿到了班里,请大家一同享用这世上最令人感动的美味。

几天后,我感觉屋子里有一股臭臭的怪味道,便四处查找,在课桌与墙的角落里，我发现了我的那串葡萄，它正中规中矩地躺在地板上发酵着，我突然间无法控制自己的眼睛，我的天啊，我错怪了那些可爱的孩子们，我该如何为自己的任性埋单。

记得哪位名人说过："教育没有情感，没有爱，就等于池塘里没有水。"

我一直谨小慎微地维护着自己复杂、立体和多角度的尊严，却突然间发现，原来这世上最简单的爱竟然叫作宽容。我的学生们，用一种别样的爱宽容了我，我该拿什么还给他们？

那串令我愧疚的葡萄，让我变得温暖、纯净、洁白，值得我用尽一生去好好地收藏。

点评

宽容是什么？宽容是一种胸怀，一种睿智，一种乐观面对人生的勇气。它能驱散生活中的痛苦和眼泪，它能传播快乐和微笑。宽容能够减少人生的沉重感，让人生充满快乐和欢笑。

第三辑　生活每天都会送我们礼物

心灵是岁月深情的呼吸。也许在某一天，当你从噩梦中猝然醒来，浑浑噩噩地推开尘封已久的窗，你会发现，其实快乐就在身边，太阳在窗口逗留好久了。我们人生的旅行袋里，每天都会有珍品存入，所有的这些，都是生活送给我们最美的礼物。

戴红领巾跳舞的母亲

我刚进这家医院实习时,便发现207房间的异样。一位母亲天天守在一个神经兮兮的男孩子床前,净说些让我们理解不了的话。我曾经远远地看过那个病人,好像是得了某种难以治疗的顽症,母亲天天趴在床头对儿子说话,不问世事。耽于这种缘故,我便常常躲开他们。

他们已经在这医院住了6年,当一位护士小心翼翼地将他们的故事讲给我听时,我惊呆了。6年,谁能在医院一下子住上6年,并且母亲这样不离不弃地守护着他,我不敢相信眼前的事实。我还得知母亲与儿子同乘火车去新疆,火车在半路上出了事故,儿子头部受到了撞伤,母亲却侥幸得救了。有人曾经劝过她,让她放弃治疗,因为当时她的儿子已经成了植物人,但她不舍,说儿子是自己唯一的亲人,就是死也想守着他。这位母亲的勇气感动了上苍和这里所有的人,3年前,他突然醒了,但经过千辛万苦的治疗后,他的智商依然恢复不了正常的水平。

那天,其他护士出去了,207房间过来要求换药,我不得不进了他们的房间,我不知道如何说话,如何宽慰她,我生怕自己一不小心会伤害一个母亲脆弱的心,我颤抖着手去换药时,她却抢了先,她的说话声音大得吓人,脸上除了沧桑外,没有见到一丝不快,我很意外。

以后的日子里,我便开始主动地接触他们,我很想了解这位坚强的母亲如何在常人不能忍受的痛苦中默默地挺了过来,以后的日子还这样走下去吗?

我试着问她:“你家里其他人呢?”

她苦笑,“没了,全死光了,孩子他爹嫌弃我们娘俩,在7年前就跟一个姓狐名叫狸精的女人跑了。”

她的回答很幽默,让我扑哧一笑,她也笑了,对我说道:“闺女,我以为你不会笑呢,每次见你时都是谨慎得要命的样子,我可不是,我大大咧咧惯了。”

她的随和使我彻底放下了心中的包袱，以后便主动地过来帮她的忙，没有想到眼前的她竟然是一个爱打扮的女人，她的贴身口袋里装着小镜子，有事没事都“对镜贴花黄”。

还有一次，儿子睡熟了，正好我要下班，她便拖着我，让我陪她去一趟市场。她想买件新衣服，顺便给儿子买件回来，为了节省时间，她走得十分急促，让我有些跟不上，回来时她顺道买了条红领巾，我以为她给儿子买的，便没多问。

但问题却发生了，堵车了，狭长的街道，水泄不通，行人也无法通过。她计算着时间，大声叫道：“坏了，儿子快要醒了，他醒来后如果找不到我会出事的，我必须赶回去。”但眼前的形势不容乐观，令我吃惊的是她做出一个令我不敢相信的举动，她推搡着向前面挤，实在挤不动了，她便从人家的轿车顶部爬过去。寒风中，我看到那个胖胖的女人，不顾人们的叫骂，那条系在她脖子上的红领巾，分外妖娆，所有这一切只是为了她病中的儿子，我突然间哭了。

事后，她告诉我：“事出无奈，我知道自己那日所做的事情有些过了，但幸运的是，我及时赶了回来，儿子已经在叫着‘火车为什么停了？’幸亏有这个。”她说着，便将红领巾系到自己的脖子上，然后在儿子面前跳起舞来，这种另类的举措更令我大跌眼镜。

她一边跳着舞，一边对我说道：“你可能不知道，6 年前事故发生时，一位戴着红领巾的小朋友正在我们面前跳舞，他目前的记忆仍然停留在 6 年前的火车上，他不想让火车停下来。”

“我所能做的就是装成那个戴红领巾的小朋友在他面前跳舞，这样他的情绪就可以稳定下来，我仍然相信，火车有一天会停下来的，那个时候他就平安了。”

是的，我也相信，我紧紧地握住她的手，她手上的厚茧将我的心刺得生疼生疼的。

点评

母爱是引航的灯塔，指引着前进的方向；母爱是冬日的阳光，温暖着赤子的心灵；母爱是尽职的卫士，保护着幼小的生命；母爱是春天的细雨，滋润着干旱的土地；母爱是秋天的金黄，展现着丰收的喜悦。

垃圾桶与打击乐

伦敦郊区的一栋居民楼里，住着一位年过半百的老人，他的名字叫作伯恩。他是一位家道中落、事业遇阻的音乐人，他的梦想像蓝天一样纯净，但现实却如汽车尾气一样污浊，他不得不寄居在别人的屋檐下整日里郁郁寡欢。

居民楼下面并排站着许多个可爱的垃圾筒，不知何时起，这里多了十来个淘气得过头的孩子，他们每天敲击着垃圾筒的筒身。这令这里的居民十分苦恼，有几个年长的人曾经过来制止过他们，但无济于事，这些孩子都是孤儿，缺乏教养，惹急了，他们便变本加厉起来。

因此，一大早或者是夜已经很深了，街市里依然传出这类不和谐的声音，这一度阻断了伯恩的创作热情，这些噪音使得他有些歇斯底里，他好想冲下楼去，用自己的拳头好好教训一下这些不可一世的小子们。

终于有一天，黎明时分，他沉不住气了，冒雨赶到垃圾筒前，正有三两个孩子在那里乐此不疲地敲打着垃圾筒。他本想冲上前去，但脚下却猛地一滑。孩子们发现了他，故意躲避着他绕着垃圾筒奔跑，同时手里的鼓槌不停地敲打着筒身。

也许是那天的雨帮了忙，也许是老人充满了智慧，他突然听到了一种从未听过的悦耳之音。“咚咚咚”，不对，声音没有规律，他若有所思，想着想着，他突然狡黠地从怀里掏出一英镑来，他高兴地对领头的孩子说道：“过来，你拿了我的钱，就要听我的话。”

“领头羊”不屑一顾地看着他说道：“你以为给了我们钱就会让我们停止吗？”

“不是，我给你们钱，是想让你们按照我所说的方法敲击筒身，而不是让你们静止，如果你们听我的话，我还会多加钱给你们。”

这可是天上掉下的馅饼，他们何乐而不为呢？

第一天，老人与孩子们折腾了好半天，老人失望地回家了，第二天一早，当楼下再次传来熟悉的打击声时，老人又拿着一英镑下了楼。

如此重复了多次，终于有一天，伦敦的郊区突然出现一个打击乐团，团长是个老头儿，队员是一群孤独无依的孩子，他们敲击着台上各种各样的乐器，天籁在高空中流淌，那栋居民楼下，再没见那些恼人的孩子，同时离开的还有一个叫作伯恩的老人。

伯恩从生活中拾起了人们从不在意的金砖，组建了世界上第一个打击乐团。谁也不会想到，打击乐居然是由盛装污物的垃圾筒联想而来的。

点评

我们每天都在丢掉生活的垃圾、工作的垃圾，还有我们大脑过滤出的垃圾，只是那些垃圾中，有一些贵重的东西悄然从我们身边溜走。

落下的一壶油

中秋节回家，父母忙得不得了，张罗着准备每天的饭菜。我让爸妈别忙了，总共才三天假期，不用那么麻烦。爸却说："怎么能不忙呢，一年也回不了几次，你妈总念叨着呢，我们要将憋了几个月的闲好好施展施展。"

爸妈一直在厨房里，我与妻儿整天守在电视机前，晚上早早地睡觉，就像在家里一样。只是乡下蚊子多，睡不着，虽然撑了蚊帐，但总有些漏网的家伙跑进蚊帐考验我们的忍耐力。

要走了，父母准备了一大堆东西，盛情难却，我们挑量少的拣。有一壶油，我觉得没必要带，便背着爸妈将它拎进厨房里放个某个角落。

上了车了，爸却突然打来电话，告诉我说油忘带了。我说："不用了，油在城里好买的很。"爸说："那可不行，这是花生油，是亲自剥的花生榨出来的，原汁原味的。"我搪塞说："那油壶太大了，我怎么扛得动啊，等换成小瓶再说吧。"说完便将电话挂了，父母的过分殷勤使我们一直觉得有些不自在，倒像个外人似的。

几天后，我正在单位忙得焦头烂额，一个陌生人打来电话，说是老家来的一个货车司机，论辈分我应该叫他大爷。我以为是想敲诈我一笔的人，想着三下五除二赶紧打发，他却说是我父母让他捎东西给我。

我骑上自己的"老爷车"急匆匆回家，到时发现胡同被堵了，一个乡下来的人正与邻居们理论着，我忙上前给大家解释。乡下人从车子里拿下一个包裹，"你父母让捎来的，无论如何让我亲手转给你，我是绕了一大圈才过来的，这里的路真不好走，交警也查得严。"

当我打开包裹时，惊呆了，里面有十个小瓶子，瓶子里装的全部是花生油，有些没有包装好的油浸了出来，街道上瞬间弥漫着一股花生油的清香。

送走了大爷，我的心起伏难平，想不到自己一句无心的话父母竟然如此重视，他们为了方便我使用，竟然将一大壶油分开来装。

朦胧中我仿佛看见乡下，灯前，两位老人正蹲在厨房里，将油装进十来个小瓶子里，所有的爱都沿着瓶嘴装了进去，我的眼里早成了汪洋。

点评

亲情是李森祥父亲的台阶；亲情是陈建功女儿的拥抱；亲情是朱丽叶妈妈的味道；亲情是孙犁母亲的嘱咐；亲情是木兰“小弟闻姊来，磨刀霍霍向猪羊”的欢欣；亲情是杜甫“烽火连三月，家书抵万金”的念想。

卖出的第一幅画

在许多人眼里，他是一个拙劣的画家，他蹩脚的画作几乎无人问津。他除了作画外，一无是处。他不相信苍天弄人，便一个人跑到市里的一处临时居所里隐藏起来。这期间，他的继母——父亲留给他的唯一依靠，总过来看他。他讨厌她的存在，不仅仅因为她是继母，还有她的婆婆妈妈、零碎唠叨，他躲在屋子里不见她，他过会儿出门遛弯时，发现墙角处有她留下来的晚饭。

终于，他在闹市区摆开自己的画作，他决定用自己的杰作做一次赌注，如果今天有人来买自己的画，说明自己的画绝非没有市场。而如果相反呢？他不敢再想，那是一种可怕的万劫不复的结局。

在半个小时时间里，不停地有人驻足观看，可他抽象派的画作使许多人望而却步。半个小时过去后，一个公子哥走进了他的场子，不住地品头论足，然后相中了一幅画，那幅画是他的处女作，以前被许多人奚落冷落过，公子哥拿起了画作，扔下足够的钱扬长而去。

公子哥的惊人表现使得他目瞪口呆，同时，他感觉神清气爽，接下来，受公子哥的感染，又有人过来买画了。那一天，他破天荒地卖掉了十几幅画，虽然钱不多，但足以使他恢复自信。

许多年后，他成了一派名流，他的画作以抽象、格调浓重而著称，而最使他难忘的，便是那位公子哥的表情，他其实在内心深深地感谢那天公子哥的慷慨，正是那位公子哥劈开了他走向成功的荆棘。

继母去世时，他没有流多少泪，他忙于宣传自己的画作，并没有回老家为她守丧。直到他的宣传活动结束时，他才风风火火地往家里赶，邻家老爷子正在家里等他，老爷子说："你母亲临死时一直念着你的名字，可惜你太忙，她说不会怪罪你的，她让我将这个交给你，这也许是一生清贫的她所能够留给你的唯一财产。"

他打开了那个包裹,严严实实的,不知裹了多少层,最里层是一幅画,一种熟悉感令他有些触目惊心。终于打开了,我的天啊,居然是那幅画,那个公子哥买走的那幅画。

他跑到继母的坟前痛哭,恍惚中看见一个苍老的女人蹒跚着向他走来,她喃喃地告诉他:“世间多疾苦,相信自己。”他郑重地点头,然后向坟茔磕头。

点评

母爱是一生相伴的盈盈笑语,母爱是漂泊天涯的缕缕思念,母爱是儿女病榻前的关切、焦灼,母爱是对儿女成长的殷殷期盼。

美　性

我百无聊赖地坐在汽车站里等车，因为下雪的缘故，车少人稠，这至少得耽误我半个中午的时间。

我发现一个中年模样的人东张西望地找座位，脸上的神态凝重飘浮，扭曲的脸庞像极了路上奔跑的公共汽车。我知道他和我一样，为生活奔波，为事业劳作，我便让了一个座位给他，他感激地看我，脸上依然是木然。

不知过了多久，我斜眼看那中年男人时，却发现他的表情里不知何时塞进了一丝惊喜，兀自向右边望着。我不能看到那边发生了什么，只能够清楚地看到他表情的变化，他开始时还是轻微的动作，慢慢地，他开始挤眉弄眼起来，天知道他竟然有如此丰富的神态，一会儿左顾右盼，一会儿顾盼生辉，再一会儿好像将春天画在了脸上。我不知所以地望着他，探了一下身子，看到那边一位母亲的肩头一个粉嘟嘟的小男孩正被他挑逗得“貌合神离”，莲藕似的小胳膊不停地做着广播体操，他们配合地相得益彰，让我疲惫的视线里多了些柔软与温暖。

突然间，他发现了我正在注视着他，他一下子又恢复了绷紧的神经，不好意思地低下头，我看到他脸畔居然有红晕出现，我后悔由于自己的莽撞，破坏了一段关于美的传奇。车子过来了，我们俩同时拥向进站口，分别时，两个大男人互相用眼神问候对方，我们已经很熟悉了。

许多年过去了，我一直记得那个飘雪的中午，两个男人共同守候着的那份关于美的秘密。

点评

美是形象，同一个形象有可能激发美感，也有可能激发丑感。有些人认为美的事物在另一些人眼里是丑陋的，有些人认为丑陋的事物在另一些人眼里是美丽的。形象激发美感的情况不是永恒的，激发丑感的现象也不是不变的，形象与审美感受的联系不是绝对的。

莫斯科郊外的目光

1847 年春天,莫斯科郊外的一个农场内,叛军的一名杀手准备伺机潜入沙皇俄国的皇宫刺杀国王,但他的判断力出现了错误,致使他不得不逃到此处农场。在农场,穷途末路的他在做着最后的反抗,在俄国的军队包围了农场后,这个名叫尼沙拉夫的家伙抓住了农场内一个正在熟睡的小女孩,他准备将她作为人质,将她当作脱身的筹码。

俄国的军队包围了他,形成一个包围圈,在圆心周围,除了尼沙拉夫和小女孩外,还有小女孩的母亲,她的名字叫作叶尔尼娃。开始时,她的神经高度紧张,但她在很短的时间内弄清楚对方的身份后,她却镇定起来,这令在场的俄国将军大惑,他多次警告这位母亲远离杀手,因为他不想让一个母亲做出多余的牺牲。按照正常逻辑,这位将军早做好了让小女孩殉国的准备,他的目标只有一个,抓住这个不可一世的家伙,好向沙皇交代。

母亲制止了他,不留一丝客气,似乎她是他的上司,她告诉这位将军:"艾卡斯将军,请你理解一个母亲的心情,这是我的孩子,我不想她做出没有任何用处的牺牲,让我做一次努力,好吗?"

艾卡斯将军显然有些不耐烦,她讨厌婆婆妈妈的妇女们参与国事,但现在的处境十分艰难,他不得不考虑一个公民正当的权利,他点头答应她,并且命令狙击手做好保护她的工作。尼沙拉夫早已经失去了理智,他嚣张的气焰简直可以将整个莫斯科点燃。正当此时,一位母亲接近了他,他原本以为这个母亲应该害怕得要命,向他求饶,或者以自己的身躯替换自己的女儿,但他看到的却是坚毅的目光、勇敢的眼神,一道杀气腾腾地想和他拼命的闪电。

他大笑起来,"你,不要再向前走动,本来我没有动杀机,但从你的眼睛里我却找到点燃我杀机的力量,我正想找个借口杀了这个小女孩。"

叶尔尼娃冷笑着,"你应该明白,我是一位母亲,我想救下我的女儿,但我不会跪在地上向你求饶，我只是以正当的口吻命令你放开我的女儿，这是我的权利，而你只是一个无辜的刽子手，你要相信一个母亲的力量，在困难面前，我可以做出任何事，包括空手抢走你手中的枪，你相信吗？”

叶尔尼娃的目光中藏满了杀气，这令这个杀手胆战心惊。他心里想着：坏了，可能今天遇到的是一个同行，她的目光告诉自己，她显然也是一名杀手。

这位母亲笑了笑，“我只是一个老师，我喜欢教育我的学生，看你的年纪也就是二十多岁吧，我想我可以将你当成我的学生为你上最后一堂教育课。”

“如果你杀了这个小女孩，首先是一位母亲不愿意你，也就是我，我会将你碎尸万段。然后是这个国家，他们会倾巢而出杀尽你们这些叛军，你虽然逞了一时之快，受害的可是整个国家的老百姓；另外，如果你侥幸逃脱了，你还是一死，因为国王已经答应招抚叛军，而你的回头，会使你们的首领发怒，照样让你死无葬身之地。因为他的脑袋还不至于考虑不周全眼前的形势，无论怎么考虑，你都是个替死鬼，只是，老师劝告你，人要拥有一颗慈悲心和宽容心，就像我一样，我会宽恕你所有的过错，我会答应你将你的尸首好好地掩藏，直到交到你的亲属手中。”“就这样吧，杀手，看着我的眼睛，然后决定你的下一步行动，看着一个母亲的眼睛，一个老师的眼睛，一个公民的眼睛吧。”

尼沙拉夫的情绪开始出现波动，他的胸口起伏不定，手中的枪不停地颤抖着。他吐着粗气，她不敢抬头看那可怕的目光，过了好一会儿，人们听见一声枪响，倒下的不是小女孩，而是饮弹自尽的尼沙拉夫。

一位平凡的母亲，用自己的三寸之舌和坚定的目光，不仅救了自己的女儿，而且还救了整个国家，因为第二天早上，叛军选择向沙皇投降。

叶尔尼娃没有去接受国王的封赏，她只是将尼沙拉夫的尸首小心翼翼地藏好，等待他的亲属前来认领。

点评

目光，虽然听不见声音，察不到强度，却是一种用胸襟和涵养传递的生命密码。她已经在教，已经在诲，无论对方是块璞玉还是块朽木，因为目光中藏有一种大慈悲和大刚毅，已经产生了不可抗拒的力量。这世上最可憎的武器叫作枪炮，这世上还有一种最慈悲的武器，它叫作目光。

木　偶

哈利丝长着黄黄的头发，怎么看怎么像童话故事里的丑小鸭，班里所有的同学都对她嘲笑、奚落，认为她不适合与他们坐在一起。有的同学说她走起路来简直像个木偶，机械僵硬，而有的同学说她可以去演木偶戏。

哈利丝委屈的泪水一直流了好多天，回到家里时，祖母刚刚做好饭，看到她一脸的苦相便问她缘由。她扑到祖母的怀里痛哭起来，祖母得知原委后告诉她："孩子，你父母去世得早，祖母对你可是抱以很大的希望，你要相信自己，别人说你不行，你偏要证明给他们看，你是可以的。你不是爱演戏吗？明天我带你到街市上，那里天天有演戏的在表演。"

第二天上午，祖母早早起来，她先去学校里向班主任老师请了假，班主任感觉哈利丝这些天怪怪的，便追问老太太孩子怎么啦，是不是学校的环境不好，或者谁伤害了她。祖母说没有，"我的孩子自信得很，没有任何语言可以伤害得了她的"。

当天上午，在艾普利大街上，许多人在那里表演木偶戏和舞蹈，哈利丝看得入了迷，她天生爱动，且对表演有着极大的热情。祖母鼓励她上台表演一首歌曲或者是一支舞蹈，她说什么也不肯。祖母劝了她半天，说这对她是一种考验，希望她能够坚持一下。

祖母上前给人家老板说好话，讲明了来由后，老板脸上很为难的样子，哈利丝便拉着祖母的胳膊要走。祖母死活不肯，说机会难得，祖母最后将家里的一只母鸡抱了过来，说以此为交换条件，老板破例同意了。

那天上午，有人看见一个满头黄发的小姑娘一脸憔悴地站在露天舞台上表演节目，她很卖力气，但还是吓跑了许多人，老板气得不得了，他大声责怪祖母："你的孙女吓跑了我的观众！"

夜里，祖母对哈利丝说："不要沮丧，你第一次表演得很好，只是有些紧张，以后要加强这方面的锻炼才行。今天，不要以为你自己演得不好，我看到在舞台的最前面，有一个小男孩，一直站在那里听你唱歌，他听得入了迷，这就说明，至少，你的演出是有市场的，这就足够了。”

祖母的鼓励使她倍感精神，从那天起，她便常常主动在公众场合绽放自己，但大多数情况下收获的只是批评和讥笑。那天在班里，哈利丝主动请缨说想唱首歌给大家的课间生活带来一些快乐，下面有同学起哄说不行，木偶唱的歌，一定与木偶有关，但她还是上了讲台，那天她唱得很好，很用心，至少有一半的同学对她刮目相看，认为她以前是埋没了自己的才华。

其实，在她的梦中，一直希望能够有一天站在大型场合的舞台上表演一次，这样才最能证明自己。当她将这个想法向同学们和盘托出后，大家都说她疯了，有个男同学说道："国家大剧院你可以去试一下呀，会一张门票也卖不出去的，要不，可以去州立大剧院试一下，不可能吧。"

为此，她一直怀着这样一个胆战心惊的梦想生活和学习着，这一度束缚了她的思维与表现能力，有一段时间，祖母又看到封闭的她，满脸凄惶的她。

突然有一天，祖母告诉她，通过祖母的努力，还有班主任老师的推荐，她有机会到州立大剧院去表演自己的作品，但时间只有三分钟。

哈利丝喜出望外，这对于她来说简直就是梦想成真的前奏，她开始辛勤地锻炼自己，每天很晚才去睡觉，她这样努力只想换取三分钟的掌声，以证明自己有能力在这个城市立足。

表演的当天，她打扮得花枝招展，祖母还特意花钱请服装设计师为她量身定做了一身得体的裙子。当镁光灯闪烁时，她迈步来到舞台中央向大家鞠躬致意，台下面坐着黑压压的人群，由于灯光的原因，她只能够看到第一排中间的位置上，她的祖母正襟危坐在那里，一脸的凝重，祖母挥挥手，对她表示鼓励。

当音乐响起时，她感觉自己飞了起来，缥缈的歌声如天籁般洒满舞台的所有角落，那些可爱的声音绕着梁儿轻轻地盘旋着，久久不肯离去，演出结束后，满场经久不息的掌声。

当她躬身向台下施礼时，台下的灯光亮了起来，此时此刻，她突然间发现台下竟然只坐着祖母一人，在祖母后面的座位上，一排排坐着的全是那些精致可爱的木偶，她一下子懵了。

祖母笑着让她下来，对她说道：“我请人将木偶全部搬进了大剧院，为的是让它们能够为你鼓掌，你听见了吧，木偶们都在为你鼓掌，你不是木偶。”她泪光盈盈，抬头看见了舞台角落里摆放着的那台大录音机，所有的掌声都是从那里传出来的。

祖母为了她今天的三分钟演出，卖掉了所有的鸡和鸡蛋，她会永远地保存好当天自己演出的碟片，告诉自己，为了那些可爱的木偶，也要拼出一个不一样的人生。

点评

亲情是什么？是内心一瞬间的触动，但又往往是彻底的改变，是一种能改变十个月期望的力量，一种能忘却使命的神奇。

那个叫作紫霞的小站

列车飞快地急驰着,我心中藏满了对过去的怀念和对未来的憧憬。正在忧心忡忡时,我看到对面坐着的一位中年人不停地向窗外张望着,他猛地一声吆喝——“快到了,太好啦”——打断了人们的美梦。

他见我望着他,便与我接了话:“马上就要到紫霞站了,用不了十分钟时间。”

我还是头一次听说有这样一个小站,挺温馨浪漫的一个名字,我问他:“紫霞站你要下车吗?”“不”,他回答我,“我在等人”。

他的话有些云里雾里,我便继续歪着头想心事,列车广播员广播说紫霞站到了,列车在本站停五分钟。

列车快要停下来时,我看见中年人冲到能开窗户的地方,他打开窗,将脑袋伸出窗外,来回张望着,好像在寻找某个人。我正疑惑时,看到站台上一个老年妇女,挎着个卖东西的大篮子,看见中年人在找人,她急忙向他大喊着:“娃,娘在这儿!”

跑近了,中年人的声音有些哽咽,“娘,你好吧,爹好吧?”

老人回答他:“没事,家里挺好的,你在外面跑注意身体,家里没事,别惦记。”

中年人抓住老人的手:“娘,别卖东西了,累得慌。”

老人回答他:“没事,娘跑惯了,再说,芳和强还在上学,都需要钱,能见着你我也就放心了,上次听你队里人说你动了手术,急死我了,我好想去北京找你,但太远了,害怕耽误你工作。”

“娘,你受苦啦!”

列车快要开动了,我突然有一种强烈的愿望,希望列车能够晚些开,好让他们能够多享受一会儿相逢的欣喜,但时间没有等待任何人或者情感。列车快开动时,老人从篮子拿出一大包东西塞给中年人,中年人说不用,老人摆摆手,旁边值勤人员搀住老人的胳膊让她闪开，列车启动了。

寒风中，我看见老人佝偻着身躯，眼神仿佛皎皎的月光，打湿了我们这些游子的思念。

中年人坐到我面前时，眼眶里浸满了泪水，他放下那个包，打开来，里面全部是红皮鸡蛋。

我问他："怎么不下车与娘说话，或者是回趟家?"

他无奈地笑笑："我是一名体育教练，平日里很少回家，这次出差时间更是紧得很，没打算下车。娘就在紫霞站卖东西，所以，我便与她约好了在火车上见面。奥运会马上要开了，我们还得抓紧时间，娘经常在电话里告诉我祖国荣誉胜于一切，让我别顾小家。"

几句朴实的话语，让我这个自认为坚强的男子汉瞬间痛哭流涕，蓦然回首时，仿佛看见老人满脸净是骄傲与自信，她坚强地站立于寒风中。

点评

亲情没有隆重的形式，没有华丽的包装，它逶迤在生活的长卷中，如水一样浸满每一个空隙，无色无味，无香无形，于是也常常让我们在拥有时习以为常，在享受时无动于衷。

亲吻似药

我身体一直不好,大抵是小时候病没看好落下的麻烦吧。这也不能怪别人,只能怪自己天生体质差。这种状态便与每日每夜地爬格子形成了尖锐的矛盾,常常是体衰无力,感冒呀发烧呀很容易悄悄地爱上我。它们拿我当了它们的上门女婿,时不时便请我到它们家干活,咳嗽、鼻塞、咽痛一样接一样,因此,平日里我害怕感冒。

但人吃五谷杂粮,逃是逃不了的,终于有一天,病痛悄然而至。不请自来的它们自然而然地嚣张起来,我是左一把药右一把药地往嘴里塞,就好像吃干粮一样。儿子在旁边笑我,说我吃药时简直像个英雄。我骂他:"去,有这么说你老爸的吗?"但心里面却在夸奖他,行,是我的儿子,这个比喻打得好。

感冒这种病症来时容易,请走却是麻烦得不得了,就好像乡下的媒婆一样,你刚刚撵她走,她却又拐了回来,她问你,东村还有个姑娘,见是不见呀,感冒也是这样。

那一夜,鼻子实在塞得厉害,嗓子也干燥不堪,妻子恰巧值夜班去了,家里偌大的床上就我和儿子两人,我尽量控制住自己的沉重呼吸和咳嗽,害怕惊了儿子的觉,儿子明天还要考试呢,这可是大考,耽误了不行的。

迷迷糊糊中睡着了,却感觉儿子那边有动静,我半梦半醒着,头有些烫,不想动弹。儿子却悄悄地爬起来,像个天使一样凑在我的耳畔,我以为这个小家伙要做什么滑稽事情,便有心制止他,但心有余而力不足。儿子趁机在我的脸上亲了一下,然后延伸到我的嘴巴上,我心里想这个家伙是看恋爱片看多了,拿他老爸开涮吧。我正想发火,却见儿子嘴里面喃喃自语着说着什么,然后便倒头睡着了。

第二天起床,我感觉头脑清醒了许多,也许是昨晚后半夜睡得安稳的缘故。想起昨晚的事情来,我觉得必须要听一下他的解释,必须纠正他的这种畸形心理。

我问儿子:“昨晚你做什么啦? 快点说,不说我揍你。”

他低下头说:“没做什么,就是看你难受,便要亲你一下,让你不再咳嗽、发烧,我也就能够安心睡觉了。”

本已点着的火被儿子温暖的话语压制住了,我心里有一种热热的感动,睫毛上感觉有一滴泪掠过。

原来,亲吻似药。

点评

亲情是最朴素也最美丽的情,它不像爱情那样浓郁、热烈,也不像友情那样清新、芬芳,却是那么的缠绵不绝、余韵悠长。它不似爱情那样缘于两情相悦,也不似友情那样缘于共同的爱好,它和我们的血脉相连,与我们的生命相伴始终。

让错误开花

那一年，我凭借一张园艺大学的毕业证书，幸运地进入了本市最大的苗圃园工作。我们这些初出茅庐的学子自视甚高，因此，浮动的心便一时间忘乎所以，没了着落。

我奉命看管着一些天竺葵，听老花匠说它们开起花来，会让人大吃一惊的，花艳而不俗，雅而不娇，让人心驰神往。他还特意叮嘱我打药时要注意些，不要过量，花也是有容量的，一旦你的给予或者要求超越了极限，便会产生恶果。我以前学过侍弄天竺葵的常识，对他的讲解不屑一顾。

到了该打药的时候，这个季节，这次打药对于天竺葵来说很关键，我不敢怠慢。加了些药在喷雾器里，突然间电话却响了起来，我便丢下手头的工作，忙不迭地跑过去接电话。电话是同学打过来的，无非是问一些就业后的感受，或者是周末去哪个地方鬼混，释放一下压力，还有问我对象搞得怎么样啦，不行的话就算了，有许多同学追你的。

一个电话，耽误了一个小时工夫，等我回过神来，想起药还没打，便三下五除二地将药洒在天竺葵上。

第二天上班时，我却发现糟糕的情况，天竺葵刚生出来的花苞已经开始凋谢，我吓得差点没了脉，赶紧火急火燎地去请老花匠。老花匠赶过来，二话不说，便开始拼命地将那些死去的花苞向下拽，我不懂装懂地也跟着瞎忙活。

他边忙边对我说道："一定是你错过了药的最佳挥发期，天竺葵所需的这种药水，必须在三十分钟内让它们充分释放，这样效果才是最好的，一旦延迟了，那些药便会变成杀害天竺葵的烈性毒药。现在，唯有将这些死花拽下来，否则它便会传染整株葵苗，最近的这个花期只有错过了，六月时，这里照样可以成为一片花海。"

他最后告诉我："面对已经做错的事情，挽救才是关键，放弃才是最可怕的。"

在那个六月，我生平第一次见到了天竺葵怒放的时刻，那一园的鲜花，永远开在我二十一岁的城堡里，让我时刻提醒自己：面对错误，逃避没用，要想办法挽救。

点评

面对错误，有两种选择。一是放弃，让它继续错下去，那我们看到的恐怕只有坚硬无比的荒原和毫无生机的原野；另一个是审慎地对待犯过的错，开动脑筋，采用正确的途径去发现并解决问题，当有一天，我们轻轻推开岁月的庭院时，我们会发现，依然是满园春色，一袖春风。

人生的正面

杰斐的童年可以用一道分水岭划分为两段，前段是富贵，后段是贫穷。这一切的改变缘于他父亲的去世，家庭支柱倒下后，他不再享受原先的生活，只能靠多病的母亲做些零活维持生计。

他做好了打算，初中毕业后，便辍学回家帮助母亲挣钱，这样可以使母亲安心。但母亲明确表示反对，她说杰斐不能辜负父亲的遗愿，父亲希望杰斐能够考上一所像样的大学，母亲说自己可以用双手养活全家和支付他的学费。

尽管杰斐半信半疑，但他是一个孝顺的孩子，他不想让母亲难过。但始终有一片阴云在杰斐的脸上飘着，杰斐的世界里，没有一丝春风。

那天回家，杰斐又告诉母亲他想外出打工挣钱。母亲想了想，从怀里拿出一枚硬币来，她跟杰斐说："我们来做个赌注，我将硬币向高空掷三次，如果有两次正面朝上，你必须坚持考上大学。"杰斐点头同意。

母亲掷了第一次，正面朝上，松了口气，然后又将硬币第二次高高地抛起，硬币在空中做了无数次的旋转，然后在地板上撞出尖锐的声响，奇怪的是，硬币居然又是正面朝上。

母亲没有抛第三次，杰斐觉得有些不可思议，他顺手从地板上拿起硬币，然后抛向天花板，硬币与天花板相撞了一下，然后翻着跟斗落在地上，还是正面朝上。

母亲笑了，勉励他要有自信，再坚持几年，相信母亲，也相信自己。

杰斐不辜负母亲的期望，以优异的成绩考上了高中，然后考上了大学。这期间，母亲的病总是复发，有许多次她都对儿子隐瞒了自己的病情。

杰斐二十五岁那年，遭遇了生平第一次失恋，他深爱的一个女孩，嫌弃他的家庭弃他而去。他痛不欲生，觉得无法活在世上。母亲及时发现他的异样，当晚询问他时，他已经做好了殉情的准备。母亲也泣不成声，尽力规劝他，但杰斐的心已死，失去心爱的人就等于失掉了整个世界。

母亲出去了，回来时，手里依然握着那枚硬币，母亲跟他说：“我们再来赌一次，还是那枚硬币，那枚帮你考上大学的硬币，方式依然一样，如果硬币两次正面朝上，那你必须放弃与命运的争斗，重新接受新的安排。”

杰斐悲伤地点点头，母亲郑重地将硬币抛在空中，落在地上时，杰斐的心猛烈地颤抖着，他不知命运接下来会送给自己什么。天啊，正面朝上，他有了50%的生还机会。第二次，硬币依然落在地上，发出震撼世界的音乐，依然正面朝上。

杰斐有一种劫后余生的欢畅，他突然兴奋地扑进母亲怀里，母亲轻轻地拍着他，老泪纵横。

母亲在杰斐外出时与世长辞，这一切来得太快，杰斐甚至还没有在母亲面前尽过一次孝。他痛哭流涕，在整理母亲的遗物时，他发现了那枚救过他两次的硬币，安静地躺在母亲的抽屉里。

仔细看时，他突然发现了异样，硬币居然是两枚硬币黏合而成，两面全是正面，中间的反面部分被牢牢地粘在一起。母亲应该花了好大工夫将硬币的另一面磨得很薄再粘在一起，不仔细看，根本发现不了。

想起往事，杰斐突然间明白了母亲的良苦用心，他紧紧地握住那枚生死攸关的硬币。

在母亲的坟前，杰斐坚定地告诉母亲：他会坚强地活下去，永不言败。

点评

我们都在追求生命的正面，不喜欢反面。我们害怕人生的硬币跌落尘埃的一瞬间，跌宕起伏般的无可奈何，其实，我们需要的就是用自己的双手，执着地将生命的负面磨掉，一天一月一年甚至一辈子，当那些失败的反面像烟花般零落时，我们就会看到人生的正面，它就平静地躺在生命的地板上。

如果上帝没有为你开窗

波兰，华沙郊外的一个黑窑，周围是守卫森严的炮楼与岗哨，偶尔会有几声犬吠打破这沉寂的黑夜。一个衣衫褴褛的年轻人，被关在一间密闭的四周没有窗户的地下室里，他的呻吟声没有引起叛军的同情，相反地，会有一阵阵的骂声沿着微微开启的缝隙传来，似乎在告诉这个年轻人，除了死亡，没有另外一种可以等待的结局。

连续三天三夜没有喝水的他，精力显然已经消耗到了极点。他在等待着上帝的降临，因为父亲曾经对他说过：上帝为你关了一扇门，必定会为你留一扇窗。但静谧的夜仿佛在提醒他，上帝根本没有为他开窗，他所等到的只有漫长的黑夜和生命之花逐渐枯萎凋谢产生的摩擦声，死神正在悄悄地接近他，让他跌进天堂或地狱。

他的手无意中碰到了一块软软的泥土，那是墙壁的一角，他惊喜于这无意中发现。那泥土因为潮湿正一点一点地剥落。他忍住剧烈的疼痛用手挖出了一个墙洞，一个小小的洞，洞的周围仍然被钢筋水泥包围着，这个洞比狗洞大不了多少。他猜想着，这里可能原来是个养狗的地方，狗的主人害怕狗跑出去，所以将它们豢养在这里，只留下一个能够容得下狗头的洞，好让它们能够张望一下外面的世界。

他试着将自己的头钻出去，他看到了满天的星光，满世界的腥风血雨夹杂着田野的微风迎面扑来，让他猛地浑身颤抖，接下来，他拼命地缩小自己的身躯。他想着还好自己这段时间瘦了许多，如果是原来的体态是绝对没有出去的机会的。他费了很大力气，将自己的腰部和臀部挤了出来，他成功地逃出来了。

然后，叛军开始没日没夜地抓捕他，然后的然后，他有幸逃出了波兰，辗转到了法国，开始自己的逃亡生涯。

面对着国耻家仇，他心中愤懑不已。在国外的日子紧张且落魄，没有人愿意帮助一个流亡的人，他四处碰壁，革命的热情被一次次打碎在异乡的街头。兵丁们开始追捕他，因为他的革命思想在这个国家起了反作用。他无法，只有到处流浪，苟且偷生。

他面临的生活比监狱里强不了多少，他没有钱，没有人听他的演说，他发动不起人群保护自己的国家。几经波折后，他病倒在一间黑屋里。

夜晚时分，冰冷的雪花侵蚀着他的躯体，他饥饿难忍。突然间，他听到一阵钢琴声，骨子里埋藏着的音乐天赋使得他迅速兴奋起来。他循着琴声寻去，看到一位姑娘正在漫天雪花中正襟危坐着弹琴，琴声悠扬、潇洒，像雪花，又像天上的繁星，使他的心境迅速澄明、开阔。

从那天起，他结识了那位姑娘，生活陡然直转。他开始了自己的音乐生涯，他的创作源于对祖国的眷恋和对革命的担忧，他的交响曲好像一位正奋勇杀敌的英雄，以万夫不当之势保卫着祖国的心脏。他好像看到了祖国解放的那一天，然后看到漫天雪花裹挟着他的炽热情感飞舞着，那位姑娘深深地爱上富有才情的他、有血有肉有骨气的他。

直到临死前，他依然没有见到祖国解放的那一天，但他的交响乐无疑是一剂剂良药，鞭策着祖国的英雄们保护祖国母亲的平安健康。

波兰音乐家肖邦虽然一生凄苦，但他回味自己的经历时，依然无怨无悔。他深深地怀念那段在监狱里度过的困难岁月，他曾经说过："如果上帝没有为你开窗，那么，你自己就凿一个出来。"

当所有的困难向你逼近时，你也许会被逼入一个暗无天日的绝境，你不必苛求上帝给你一个圆满的答复，有时候，上帝的积蓄也不太多，他不会慷慨地给你想要的所有，包括一扇小小的窗。

点评

如果上帝真的没有为你开窗，那么，我们自己动手开一个洞如何，不要小看那一个小小的洞，它能为你带来生命的转机。

上帝能够给我一个孩子

18世纪末的德国柏林，正在进行一场触目惊心的辩论赛。说它触目惊心，因为这场辩论赛的一方为德国教育界的前辈与权威们，另一方却只有一人，他年方四十，身材矮小、枯瘦，他的观点刚刚说出口，便惹来一阵谩骂声。他的观点是：教育孩子不在于孩子有多大的天赋，而在于后天的合理努力。

当时的德国宗教盛行，他的这一言论无异于把一颗巨石扔进大海里掀起一阵阵惊涛骇浪。有人说他疯了，是在对上帝挑衅；有人说这是个颠扑不破的真理，人生来该做什么是注定的，是神决定的，他简直该送到断头台上。

他的脸上始终挂着微笑，他坚持自己的观点是正确的，他接下来继续对大家说道："我愿意做个试验，如果上帝能够给我一个孩子，我一定能够印证我所说的话。"

在众人的唏嘘声中，这个性格孤僻的人离开了柏林回到自己的家中，他整理了自己的资料，期望着上帝能够给他一个孩子。半年后，他的妻子怀孕了，这对于他来说无异于一个天大的惊喜。他觉得是上天在帮助自己，便摩拳擦掌地等待着孩子的降生，但不幸的是妻子流产了，当这个消息不胫而走后，他遭到了前所未有的攻击，大家纷纷说这是上帝在责罚他，他的言论简直太嚣张了。

他的心犹如刀绞，但他始终有这样一个信念：如果上帝能够给我一个孩子，我会好好地珍惜这个难得的机会。

这一等，便是十年的时光，在他五十多岁的时候，他的妻子又怀孕了，他的目光中又泛起了久违的希望。妻子十月怀胎，生下来个儿子，但老天似乎是在考验他，这个孩子不仅不聪明，而且先天不足，体重不过两千克，哇哇地哭叫声好像一只受伤的小老鼠。妻子无奈地说道："像这样的孩子，就是教育了也是白费力的。"但他没有放弃，他坚信通过自己的努力，可以将孩子培育成一个健康、阳光、向上的人。

他教孩子读书时，先买来连环画和绘本，把其中有趣的故事讲给他听，然后对他说：“如果你能认识字，这些书都能看明白的。”有时他干脆就不把书中的故事讲给孩子听，而对他说：“这个画上的故事非常有趣，可爸爸没工夫给你讲。”这样就激发起孩子识字的愿望和兴趣。于是，他开始教孩子识字。

孩子有了读书的兴趣就很刻苦。不久，这个孩子就轰动了附近地区。他七八岁时，已经能够自由地运用德语、法语、拉丁语等六种语言，通晓物理学、化学，尤其擅长数学。九岁时就考入了莱比锡大学。这个大学的校长说：“这个孩子已经具备了十八九岁青年们所不及的智力和学力。”很显然，这是他实行早期教育的结果。1814 年 4 月，未满十四岁的小卡尔被授予哲学博士学位。两年后，他又获得了法学博士学位，并被任命为柏林大学的法学教授。

这个奇怪的老者，就是著名的教育家卡尔·威特，他因一本名叫《卡尔·威特的教育》的书而闻名天下，是现代教育理论的先驱。他的儿子小卡尔二十三岁时出版《但丁的误解》一书，成为研究但丁的权威。

看来，上帝也有成人之美的时候，他不包庇错误的理论，而是满足了卡尔的愿望，从而成就了他的伟大成果。

点评

本文内容生动、丰富，语言新颖、清爽，结构独特、合理。对传统教育理念的挑战，加上名人效应，是本文最大的亮点。

少了一根手指

一个天真无邪的小女孩,孤身坐在聋哑学校的校门前发呆。这样的情景,每天下午都会重复着。她原本是个可爱、健康的孩子,可是有一次发烧,她因错误地注射了链霉素而永远地失去了听力。她不停地流着眼泪,怎么也不愿意接受这样残酷的现实,更不愿意在自己最无助时离开家离开父母的身边。

父母好说歹说才将她送进了聋哑学校,但她依然性格内向、孤僻,与原来的她判若两人。有天黄昏,她独自一人出去散步时,正好遇见了散步的老师,老师用手语问她有心事吗?她固执地不肯说,老师很有耐心地开导她,终于使她将心事和盘托出。她说自己已经不是一个健全人,将来也不会有太大出息的,她觉得内心空虚失落。说完便委屈地痛哭流涕起来。

老师听完后,语重心长地对她说道:“孩子,任何人都不是完美无缺的,你可能不知道,我——你的老师天生失去一只脚。还有,你知道上帝吗?万能的上帝也是有缺陷的,他其实少了一根手指,他在与猛兽的搏斗中永远地失去了一根手指,但他却没有自暴自弃,而是坚强地面对着苦难。孩子,缺陷也是上帝送给你的微笑呀。”那一刻,她顿悟了,望着老师步履轻盈地走向远方,她仿佛重新看到了希望,生命之船又开始勇敢地搏击着逆流。

这个小女孩叫邰丽华,她先后出访过20多个国家,在国内外演出数百场,以其“孔雀般的美丽、高洁与轻灵”征服了不同肤色的观众。2005年中央电视台春节联欢晚会上她领舞的《千手观音》,让几亿中国人在热闹中沉思、感动。

绚烂之极,又平淡若水的“孔雀仙子”“观音姐姐”仍在人生的舞台上勇敢地舞动。

点评

“其实所有人的人生都是一样的，有圆有缺，有满有空，这是你不能选择的。但你可以选择看人生的角度，多看看人生的圆满，然后带着一颗快乐、感恩的心去面对人生的不圆满——这就是我所领悟的生活真谛。”

生活每天都会送我们礼物

小女孩委顿地坐在街心的一座花园里出神，她的心情糟糕得很，不仅仅因为家境的贫寒、父母的离异、她的孤苦伶仃，还因为她对生活失去信心，她的灵魂疲惫不堪地苟延残喘着。

小女孩黯然失色的眼神里尽是无奈和沧桑，她径直向前走着，街上净是灰色的人群，太阳像刚刚煮熟的鸡蛋，很烫人，到处都是死气沉沉的，没有生机。

在街尾处，她蓦地眼前一亮，她看到了一个花园，里面尽是惹人的花，招人的蝶，她不由自主地停下了脚步。

在一丛花前，她看到了迷人的一幕，一只正用翅膀剪裁云彩的鸟儿，正立在花枝上盘旋起舞，让她情不自禁地遗忘了以前的世界。

她听见旁边传来闪光灯的“咔嚓”声，一个老妇人举着相机站在她的面前，老妇人脸上尽是微笑，“亲爱的，你好呀，欢迎你光临我的花园。”

小女孩愣了一下，“是你的花园吗？那打扰了”，她回过身来就想离开。

“不，小姑娘，也许我们有缘分，我可以邀请你坐会儿吗？”

小女孩听话地坐在石桌前，她抬头问妇人：“你就一个人吗？收拾这么大个花园，需要许多工匠吧。”

“不，就我一个人，我的老伴去年病逝了，他临走时告诉我一定要拾掇好这个花园，这里面可能他的灵魂存在着。我每天快乐得很，每天与花鸟为伴，这可是大自然送给我最美的礼物，所以，我不会忧愁的。”

“可是没有人送我礼物的，刚刚过去的感恩节，同学们都收到了家长的礼物，可我没有。我父母不在身边，他们不想着我，同学们也不理我，说我内向……”

望着小女孩眼中噙满的泪水，老妇人将刚刚拍下的相片给她看，“你看，这就是我送你的礼物，同时，也是你送我的礼物。因为一个小女孩用独特的视角发现了一个意想不到美丽画面，所以，我会将这张照片送给你。

“你知道，孩子，我的处境不比你强多少，老来丧偶对我来说是致命的打击。可是上帝垂怜于我，你过来了，所以，我生命的底片里才有了这一张珍贵的照片。我的心情像装了个太阳般的光亮与温暖，还有这些可怜的花儿，它们正在沮丧时，你的裙裾拽醒了它们困顿已久的灵性，你看它们多么带劲儿地努力向上开放着。”

小姑娘突然间心情愉悦起来。原来，心灵是岁月深情的呼吸。也许在某一天，当你从噩梦中猝然醒来，浑浑噩噩地推开尘封已久的窗，你会发现，其实快乐就在身边，太阳在窗口逗留好久了。

点评

我们人生的旅行袋里，每天都会有珍品存入，所有的这些，都是生活送给我们最美的礼物。我们其实是最幸福的，你要这样鼓励自己，有时候，幸福与快乐也是自己鼓励出来的。

世上最高贵的奖赏

罗伯特一直坐在教室的最后一排，他是个内向、沉默的孩子，无论别的孩子如何叫嚣，如何嘈杂，他始终坐在那个偏僻、黑暗的角落里，做着自己的梦。所有的老师都选择逃避他，直到我的到来。

我不想不负责任地白赚学生家长的辛苦钱，既然罗伯特在这个班里，我就必须对得起他和他付出的学费。所以，我开始关注他，希望通过自己的努力稍稍改变他的性格。

我开始有意无意地在上课时提问他，他一直不回答，其他同学就嘲讽他，挖苦他，直到他的双眼里噙满了泪水。

这种方式一直不奏效，使我不得不采取其他策略。接下来，我调换了他的位置至前排，使我能更近距离地观察他，也可以让他更接近讲台。

他爱做小动作，眼睛看着黑板，眼神里却是一片茫然。我开导他，告诉他听课时应该注意什么，他的一些小动作我努力做着纠正，当然，所有的这些我没有在课堂上公开教导，而是将他叫到了办公室里。我不想破坏一个孩子的尊严，要知道，他们这个年纪，是最要面子的，过分的打击，可能会影响孩子的一生。

同时，我还得知，他父母离异，他跟随父亲生活，母亲已经十多年没有见过他。他的父亲是个泥水匠，只会用暴力教育孩子，慢慢地，他的性格发生了扭曲。

于是，在一个午后，我拜访了他的父亲，我向他的父亲详细讲述了我的教育方法，希望他能够配合，他不好意思地搔搔头，算是答应了我的请求。最后，我要求他不要再打孩子，否则，我会告他家庭暴力。

那个学期的期末，破天荒地，罗伯特居然考进了前十名，这是我不敢想象的。我可以自信地说，我的教育论起了至关重要的作用，他的作文得了个优。我让他站在讲台上朗读自己的作文，第一次，我发现他的声音居然如此的纯正和透明，结束时，我跟他说："老师要送给你一份奖赏，说说你的要求。"

他尴尬地笑笑，露出了久违的笑容，他将嘴送到我的耳边告诉我，他想得到老师的一个吻，一个像妈妈一样的吻。

这是我听到的世上最另类、也最富有诗情画意的心愿。一时间，我语塞了，感觉眼里有一种不可名状的酸涩。我知道无论如何我都不能拒绝罗伯特的请求，接下来，我告诉全班，为了表彰罗伯特，老师答应他的请求，送给他一个吻，一个像妈妈一样的吻。

我低下身来，吻了他一下，教室里有掌声掠过，像惊雷，像鸟鸣，又像赞美诗和交响曲。

许多年过去了，我依然清晰地记得那个下午，我送出了一个像妈妈一样甜蜜的吻，这不仅是一个孩子纯真的愿望，更是我送出的世上最高贵的奖赏，我会用一生来收藏。

点评

有时候，感动我们的仿佛什么也不是，即使是，也仅仅是事物的某一微小部分而已。在这个世界上的一朵花、一株小草、一棵树、一缕微风，甚至一抹微尘，都那么骄傲地拥有着令人感动的特质。它们用名不见经传的举动，默默奉献自我。

是鸟儿都想飞

破败不堪的校舍，七零八落的衰草，校长拿着教鞭煞有介事地走过每一间教室，不管班主任的解释和劝说，教鞭轻而易举地落在某位同学的头上，我们所有人敢怒不敢言，紧绷着脸，将原来调皮的眼神掩藏起来，害怕校长的脾气会像原子弹一样突然爆发。这便是我小学的学习环境。

那时候，学校难找，老师也难找，校长便成了最高权威。他会选择性地将成绩好的学生安排到较好一点的学堂，其余的便随机安排。

直到有一天，一位高个子男老师走进我们的教室里，他说他叫蓝天，这名字让人浮想联翩。他刚从高小毕业，教我们语文，由于我们班差得要命，没有人敢管，所以校长将班主任的重任安排到他的头上，他不可一世地上任了。

头一天，校长便到我们班巡视，照例将教鞭握在手中，蓝老师在台上讲课时，下面传来清脆的声响，教鞭落在一位浪荡公子的头上。本来是大家习以为常的一种处罚方式，但蓝老师的眼中却藏满了怒火。第一次，我们感受到另一种魔力，他来到校长面前，挺有绅士风度地对校长说道："校长同志，我正在上课，请您暂时不要干涉我们，给我一段时间，我会逐步规范我的学生。"

校长的威严第一次受到了严重的挑衅，他怒不可遏地与蓝老师理论着，像一只喝了酒的狂猫。

许多天后，校长与教导处主任又一次光临我们班，他们坐在最后面，要听蓝老师的课，眼神中明显有报负的意味，让我们感觉到火山爆发前的危险。

蓝老师讲课井井有条，我们发誓要为蓝老师找回面子，所以整堂课我们师生之间配合得无懈可击，下课后我们看到校长急匆匆地离开了教室。

又过了将近一个月的光景，蓝老师在讲完一节课后突然对大家说："同学们，有谁能告诉我鸟儿最喜欢什么样的环境吗？"同学们七嘴八舌地议论着，有的说是树林，有的说是山峰，有的说是大海……

蓝老师满脸的凝重，他郑重地对我们说道："鸟儿最喜欢优美的环境，在这种环境里，它们能够自由、快乐地成长。那么，还有另外一个问题，如果鸟儿生存在一种恶劣的环境下，那么，他们应该怎么做？"

学生们好像有些明白蓝老师的意思，他接着说道："作为一名老师，我是不会鼓动学生去做出一些有损于学校和领导的事情，但我要告诉大家，这样的环境，对你们负责吗？对你们的未来负责吗？对整个教育界负责吗？同学们，如果一只鸟儿生存在一种恶劣的环境下，它能够选择的方式有两种：一是继续停留下去，直到自己被污染得面目全非，毫无斗志；一种是离开这里，寻找自更适合自己飞翔的一片天空。"最后，他只告诉大家一句话：是鸟儿都想飞。

然后他掩起课本，脸颊上淌满了晶莹的泪，那是他给我们上的最后一堂课，第二天，我们才得知，他已悄然离开学校。

当年，我们班里 45 名学生，在蓝老师讲话的影响下，转校的有 23 名，其中包括我。当时，我们也许不知道对与错，更分不清是与非，但那句警醒的箴言深深地教育了我们：是鸟儿都想飞，我们不想让浑浊的教鞭影响我们一生。

30 年后的一天，小学同学的联谊会，我们邀请已经儿孙满堂的蓝老师过来参加，当时的学生来了一大半，说起当年的事情来，我们感慨不已，我们当年离校的那些学生当中，有的成了老板，有的当了官，有的成了企业的高管，我们对蓝老师当时的判断力赞叹不已。蓝老师语重心长地说道："我始终相信，我当时的做法虽然有悖于我的职责，但我无愧于师德、良心。"

环境是可以影响理想的，环境生存质量的高低决定人的梦想和前进方向，许多时候，我们不断地努力，不断地奋斗，结果却仍然是一败涂地，我们只会怪罪于自己的能力或者命运不济，其时只是迷雾遮住了我们的眼，污泥沾满了我们的肩，我们的脚底沾满了苔藓。

点评

离开那儿，不再被习惯所左右，离开那儿，我们渴望光辉灿烂的明天，是鸟儿都想飞，是船儿都想扯起昂扬的帆。

送你一块巧克力

感恩节那天晚上，同学们都出去玩了，而我则一个人缩在床上看书。想起家境的贫寒来，我一时间有些泪眼蒙眬。同学们纷纷收到了感恩节有礼物，我也收到一些，但都是过了时的，看起来不新鲜的。我将他们罗列好放在墙角里，想等没事时再慢慢欣赏它们。

我迷迷糊糊地睡着了，突然感觉背部有些别扭，用手一摸，居然是一块创可贴。这是谁搞的恶作剧，居然将一块创可贴放在我的床上，而它结结实实地粘在我的背上，让我原本颓然的心情瞬间加剧，我的脑子里突然间出现了小斯的面容，绝对是他。

我下床来，一眼看见他正从门口过来，我大声地质问他："为什么要将一块创可贴放在我的床上？"他听得云里雾里，说："没有放啊？"我说："肯定是你，男子汉大丈夫做了就要承认。"

我们吵了起来，我那天由于蹩脚的礼物和颓然的心情，火气大得很，见嘴唇解决不了问题，我便与他扭打起来。小斯也不依不饶，说我狗眼看人低，又说此事完不了，还要去学生处揭我以前的短。

我们正打得不可开交时，室友们三三两两地回来了，我们被人拉开了，大家开始讨论同一个话题，但大家都不承认曾放了创可贴在我的床上，说以人格担保。

宿管员过来了，他是来做例行检查的，见我们这里热闹得很，便凑了过来，听我们说完刚才发生的故事，他哈哈大笑起来，"同学们，误会了，那不是创可贴，而是一块巧克力。今晚，每位同学的床头都会有一块，这是学校特意为你们送的神秘礼物。可能是巧克力太活泼了，它从床头滚到了你的床身，然后像天使般地将幸福粘在你的后背上，就这些，是块巧克力而已。"

我将那块"创可贴"拿起来仔细辨认，然后抠一些放进嘴里，甜甜的，真的不是创可贴，我瞬间满脸羞愧。

几乎同时，每个人的手都伸向了床头，每个人都拿到了一块甜甜的巧克力。

那年，同学们之间送巧克力成了最为和谐的一道风景，所有的同学出现纠纷时，只要送上一块巧克力，前嫌都会尽释，好的心情如春风般降临我们身边。

当我们心情烦躁时，要想着好事马上就会到来，与其怨天尤人不如来一块巧克力。

点评

多少笑声是友谊唤起的，多少眼泪是友谊揩干的。友谊的港湾温情脉脉，友谊的清风灌满征帆。友谊不是感情的投资，它不需要股息和分红。

他使我成了天使

我依然记得那时的我木讷、内向、羞涩,常常伏案想自己的少年心事,没有人会在意我,因为我的位置,因为我的默不作声,因为我脸上那道难看的疤痕。开始时,会有人在意我的存在,但时间久了,所有人会将我视为一道固定的风景,孰视无睹。

直到那个叫尔东华的男生来到我们班,我们班的班风开始逆转,他调皮、开朗、爱捉弄人,班里所有的人,除了我以外,几乎无一幸免。老师有时候对他也是无计可施,所以,我难逃一场劫难。

故事发生在那个上午的图画课上,有人在黑板上贴了许多的画。我的座位在最后一排,天生的近视眼,又没有配眼镜,所以看黑板就是彩色的一片。美术老师进教室后发现了这个秘密,他开始努力地审视黑板上的那些画,眼神中居然隐藏着一丝惊喜,他回过身来问:“这是哪位同学的画,能告诉我吗?”班里鸦雀无声,美术老师又问了一遍,尔东华站起身嬉笑着说道:“是荆华同学的,她很有绘画的天分。”

是我的吗?我感觉脑海里被人打了个水漂。我定睛细看,那些画果然是自己的。我伸手向抽屉里摸,我平时画的那些美术画悄无踪迹。这个可恨、可恶的尔东华,居然出我的洋相,将我偷偷信手涂鸦的草稿贴到了黑板上。我不知如何是好,听到老师点我的名字,我的屁股像有个弹簧一样弹了起来,然后又坐了下去,我满脸通红地不敢高声语,充耳尽是嘲笑声,有人说我是个丑小鸭,有人说我丑女居然画出如此好的作品。

看到周围的场景不好收拾,尔东华忽然一脸严肃地说道:“大家不要吵闹,试问大家,谁能画出如此美丽的风景,你们有资格笑吗?”

图画老师制止了大家,他说道:“我没有想到,荆华同学居然有如此的天赋,我们鼓掌欢迎荆华,用我们的真心欢迎她上讲台来,为我们现场画一幅画好吗?”

台下是热烈的掌声，我第一次受到如此的礼遇，我有些难为情，不知如何迈开自己的双腿，我分明感觉泪水流满了脸颊，我分明听到尔东华大声鼓励我上讲台，我分明听到自己十四年的青春年华像小河一样潺潺地流淌，从未有过的舒畅、美丽。

我在黑板上画了一个美丽的女孩，她低着头正在思索着人生，所有人给我画作的评价都是：逼真、传神、惟妙惟肖。

从那天起，我感觉自己掩藏多年的才华和自信像滔滔江水连绵不绝，又像黄河泛滥一发而不可收，我的成绩在很短的时间里一跃成为班里的前三名，我开始昂着头看所有的人。

许多年过去了，我依然记得尔东华那促狭的笑容，不管他当时的目的如何，是为了出我的洋相也好，或者是真是为了帮我，我真的应该感谢他，因为是他使我瞬间成了天使。

那些透明的关切，别样的芬芳，是如此美好，仿佛一个微笑，它就挂在生命的枝头。

点评

友谊是一片照射在冬日的阳光，使贫病交迫的人感到人间的温暖；友谊是一泓出现在沙漠里的泉水，使濒临绝境的人重新看到生活的希望；友谊是一首飘荡在夜空的歌谣，使孤苦无依的人获得心灵的慰藉。

天使来电

托马斯一个人缩在屋里沉睡着，一段时间以来，他的意志随着与妻子感情的起起落落而飘浮难定。与他一起度过无数个日日夜夜的妻子，在他的眼里已经失去了昔日的风采，不仅如此，她有些老掉牙的生活方式与他的理想爱情发生了严重的冲突。索性，他们暂时分居了，他一直等待着一个恰当的时机，结束他们将近十年的婚姻生活。

小托马斯没回家，这令托马斯很不满，这个才不到十岁的家伙，整日里背着自己去找他的母亲。这令他有些肝肠寸断，也是令他无法狠下心来马上离异的主要原因。他想着，要通过一段时间的磨合与教育，使小托马斯逐渐适应家里没有女人特别是没有母亲的生活。孩子很优秀，至少在他眼里，托马斯坚信自己的遗传基因没有任何问题，孩子应该随他，执着且自信，只是对感情的决策拖泥带水。

晚上，突然响起一阵急促的电话铃声，他接起电话，却半天没人言语，他正要挂掉，隐约听到里面一位女士的声音："快挂掉，打错了。"接着另一个声音："没错，是爸爸。"那边有个孩子稚嫩的童声："爸爸，是你吗？我是艾丽丝。"

本来与自己毫无关联的，只不过是一个打错的电话罢了，但父亲的天性使托马斯没有挂掉电话，而那边却是母亲训斥孩子的声音："小东西，我告诉你打错了，不要打扰别人的生活，听见了吗？"

电话一直没挂掉，托马斯听见童声便有一种莫名其妙的感触，他想到了可怜的小托马斯，那边妈妈抢过了电话："对不起，先生，孩子淘气，打错了。"

那边孩子哭了起来，"你骗人，妈妈，你说过，爸爸会回来的，我好不容易才找到爸爸的电话，你却说不是，你骗人，你们大人真虚伪。"

托马斯有些不知所措地对着话筒说道："也许，也许，孩子是正确的，他爸爸呢？"

女孩的妈妈说道:“他爸爸不在我们身边,对不起。”

电话挂断了,托马斯有一种伤痛油然而生,他在猜想着这段奇怪的故事,也许爸爸与妈妈分手了,或者是爸爸已不在人世,哎,无论如何,孩子应该是没有错误的,错的都是大人,可怜的孩子。

第二天傍晚,电话铃又响了,还是那个电话,托马斯接起来后,里面又传来那个小女孩的声音:“爸爸,你是爸爸吧。”

托马斯有些不忍心打断孩子的童声,他只是简单地“嗯”了声,小女孩“嘤嘤”啜泣起来,“爸爸,你真狠心,怎么抛下我不管了,还有妈妈,妈妈和我好可怜呀,你快回来吧。”

托马斯再也忍不住了,他捏着嗓音说道,“是爸爸不好,也许你会原谅我的。”

小女孩破涕为笑,她刚要接着与托马斯对话时,那边妈妈应该到了,她一把抓过电话,催促小女孩道:“你去外面做功课,我与爸爸对话。”

“真对不起,先生,我女儿太天真了,她真的把你当爸爸啦”,那位妈妈急着向他解释。

“不好意思地应该是我”,托马斯感到从未有过的紧张,“我也有个孩子,长得像铁锹一样高了。孩子的爸爸呢?”

“他随另一个女人走了,远走他乡,快五年了。女儿印象中说爸爸长着大胡子,嘴里叼着雪茄,所以,他见到有这种特征的男人都要快步上前叫爸爸,我也很苦恼,我一直想着,孩子应该是无辜的,就是为了孩子,他也要留下来,这一切只能说他是个不负责任的男人。”

托马斯挂了电话,心情久久无法平静。第一次,他有一种酸楚感,他不由自主地拿起电话,电话那头是他妻子的声音,“我想,我们可以再谈谈,你领上孩子,对,小托马斯,在那家咖啡厅等我。”

那晚,孩子是最开心的,他一会儿跑到爸爸身边,撒娇般地要爸爸喝啤酒,一会儿转到妈妈身旁,说妈妈长得真美。许久,托马斯将手伸过来,他有些妥协地看着妻子,“也许,为了孩子,我们可以重新来一次”。妻子眼泪汪汪地说,“就像我们十年前恋爱时那样,好吗?”

托马斯没有想到,一位“天使”的来电竟然挽救了他濒临破裂的婚姻,他真的想打电话感谢他们,拨电话过去,有人接了,他问那母女俩呢?那边一个粗犷的声音说这是公用电话亭,没有母女俩。

他僵住了,接着他问道:“就是几天前,连续三次,有一位妈妈和小女孩打电话给我。”

“对不起,先生,我这里生意好得很,实在不知道你在说些什么,我没有责任给你解释这些难以说清的问题,也许你可以叫上警察,他们是万能的。”

半月后,托马斯随儿子去参加家长会,一位衣着翩翩的老师站在教室里与大家见面,那声音,我的天哪,竟然是电话里那位妈妈的声音。

他鼓足勇气找到了那位老师,向她陈述了自己的疑惑,女老师笑得像一朵美丽的水仙花,她向他解释道:“其实,你最应该感谢的是你儿子,他向我讲述了你和妻子的事,我只是想帮你们,为了孩子。所以,我让班里的小女孩与我一起进行了一场精彩的演出,所有的故事都是我们编出来的。先生,请你原谅我们,我们不是故意骗你的,我们只是为了挽救你们本可以延续下去的婚姻,更是为了小托马斯。如果一个孩子失去父爱或者母爱,那可是最残忍的,上帝也会忍不住大声哭泣。”

托马斯突然间老泪纵横,他回到家一把搂住儿子。他要感谢儿子,为了他的良苦用心,他会将所有的爱奉献给家里,无论日后有多少风风雨雨,多少崎岖坎坷,他都会坚强地走下去。

点评

亲情是人的精神生活中一个重要的组成部分,没有亲情的人,就像生活在凄凉的荒漠。缺乏亲情的人,容易感到人间的孤独。人们需要亲情,渴望亲情,追求亲情,是因为无私的亲情可以使人奋发,使人欣慰,使人快乐,使人向前。

第四辑　天使只是帮你找到了伤口

他在努力想着，既然天使已经帮我找到了伤口，那我就不能辜负天使的期望，我要用坚定的毅力舔舐它，用取之不尽的信念温暖它，使它成为我的战俘。

亲爱的朋友们，请记住，所有的伤口，天使只是能够帮你找到它们，真正能够治疗它们的，在天地间，唯有你自己。

沿着梦想就能找到天堂

一个年轻人,正委顿不得志地蜷缩在都市的一角。他拼搏了好长时间,花费了好多气力后,依然一败涂地。他的梦想几近破灭,为此,他在一个垃圾场前丢掉了陪伴他多年的小提琴。

他忽然听到从远处教堂传来的赞美诗,觉得十分好听,便循着声音走进了教堂。那里,正有牧师在做着虔诚的祷告。

正有许多即将逝去的人,在家人的陪同下在这里接受临终祷告。他们上台为自己祈福时,无一不说着人生的憾事,许多人像他一样终生没有完成自己的愿望,为此,他们带着哀怨离开,他们老泪纵横。

有一个患绝症的人在妻子和儿女的陪同下来到这里,他在台上说道:"其实,我的人生没什么遗憾的,我有亲爱的妻子和可爱的儿女们,我知足了。还有一点,就是我没有丢掉我的梦想,我是一个流浪歌手,整日里风餐露宿的,但我始终没有丢下它,它就像每天的日出日落一样陪伴着我,让我高兴,让我哀伤。它不仅使我维持基本生活的开支,而且使我的孩子们从小受到音乐的熏陶。要知道,这世界上,恐怕没有比音乐更美妙的东西了,我的一生都在歌唱,为别人,也为自己。

"我也很想找到天堂,到老了,我才知道自己已经提前找到了,那就是我的梦想。有了它,我不寂寞,不清贫,我的一生充满了财富和力量。最后,我要告诉我的孩子们:坚持自己的梦想,就能找到天堂。"

牧师诧异地望着他,周围人群的眼神里也净是惊讶。

年轻人恍然大悟,他想着,自己的人生不正如这位老人吗?但他依然自信地坚持下来,虽然他功不成名不就,但他依然活得自由自在。他的人生没有任何憾事,如果一个人能够轻轻松松无任何牵挂地上路,那岂不是就能够上天堂。

他重新回到垃圾场,找到了他心爱的小提琴。多少年后,他的音乐传遍了全世界，许多人都在为他欢呼呐喊。他就是著名音乐家肖邦。

点评

梦想是一个人一生的牵挂和依托，如果一个人没了梦想，就如同行尸走肉。原来，沿着梦想就能找到天堂。

咬破自己织的茧

那一年,我一毕业便轻而易举地进了别人梦寐以求又望而却步的某私企当白领。我的气势压倒了这里所有的人,总经理对我很客气,加上自己研究生的学历,使得我"一路行来飘飘然,一日看尽长安花"。

我的工作很轻松,看看报纸、上上网便能挣到工资,不是整日匆匆忙忙地上班下班的男生女生们所能企及的。我的桌子上摆着我的学历证书,还有厚厚的一摞获奖证书,许多双眼睛从我的脸上移到那些物品上,然后报以嫣然一笑。

年终评奖时,我居然得了个优秀奖,谁让我业务能力强、水平高、人缘好呢?其实我不知,这都是因为我有个局长父亲。

我就这样在这里养尊处优了多年,从一个普通职员混到一个办公室的二把手,然后便是一把手,工作不多做,工资却很高,手下却整日焦头烂额的。没办法,人本来就是尊卑之分嘛。

公司的效益下滑那年,父亲退了休,公司要实行竞争上岗,我也被列进考核者名单。我满不在乎的样子,答题就答题,凭自己多年的经验,还能被甩下来,我不相信。

可答题时才发现,本是自己部门负责的简单事情,我居然不会,可见这些年自己一直在做表面文章。最后,公司退休通牒,让我卷铺盖走人。

父亲在家门口迎的我,他拍拍我的肩膀告诉我,父亲退休以后才知道,这些年对你的溺爱太多,这种结果早在我意料之中。人要识时务,现在,你需要做的是,重新开启属于自己的成功之门。

晚上睡不着,下床翻箱倒柜地找自己以前的书籍,终于在箱底找到了久违的它们。我还认识它们,但它们好像对我陌生的不得了,随便翻到一页,发现了一则自己小时候看过的故事:

一只毛毛虫被一张自己织下的厚厚的茧所缠绕,它安详地睡在里面,做着关于风和水的梦,花和草的梦,太阳和月亮的梦,爱与幸福的梦。

它曾经想着冲破这张网,但无论怎么努力,它都无法实现自己的梦,那张网细细的、柔韧的、若有若无地在它的眼前、心中飘荡。

忽然在一个清晨,它知道了生的可贵,于是,它拼命地用嘴咬那张网,空气像清新的酒,使她陶醉。它快要飞了起来,它果然飞了起来,因为不知何时,它的背上多了双可爱的翅膀。

最后,蚕留给子孙们一句话:你们织的茧,得自己去咬破。

点评

有时候,生命的选择就在于我们必须用自己纤细的牙齿,咬破挡在自己面前的那道厚厚的茧,获得新生。我知道,我就是这只饱受温暖、呵护与爱的毛毛虫。

衣着体面地来见父亲

墨西哥城郊外发生了一场罕见的大地震。这座古老的城市劫后余生，许多人被安置在附近的学校和敬老院里。

一个乞丐模样的孩子，飞奔着拐进一家敬老院的门口，他挤过密密麻麻的人群，大声叫着爸爸，这样的场景在这样的世界里是常见的，在众多的嘈杂声中，没有人理会一个年轻人焦躁不安的心情。

在找了一大圈儿未果后，一位年轻的护士拦住了他，问他爸爸有什么特征。他搔搔头，告诉她说是个塌鼻子男人，个子高高的。护士笑笑，说这里只有一个塌鼻子的男人，他在三号屋。年轻人进了三号屋，看见一个满身绷带的男人正躺在床上，高个子、塌鼻子。是爸爸，他大声呼喊着："爸爸，我是艾斯。"

三十分钟后，男人醒了，但仍有些心有余而力不足。在医生的搀扶下他看到了艾斯，他突然大声嚷道："混蛋，你这身穿着怎么像我的孩子？我的孩子体面得很。"

他有些体力不支，又突然躺下了，医生说病人受了刺激，需要好好地照顾与治疗。医生告诉艾斯："要好好照顾父亲，他需要你的帮助。也许，现在是一个孩子好好孝顺自己父亲的时候啦！"

艾斯很懂事地听着，然后守在父亲身旁。

几天后，敬老院的人少多了，大部分人在政府的帮助下早就回了家，只是艾斯和他的父亲，仍然留在这里。父亲的头脑有些不清醒，经常语无伦次的，这令艾斯很苦恼。

父亲又醒了，依然大声怒骂着艾斯，艾斯有些不知所措。他猛然想起了什么，在父亲睡下后，转身出了院门，他打开随身携带的一个包袱，换上一身光鲜的衣服，这也许是他唯一一件可以称得上入流的衣服，这还是他过生日时，父亲省吃俭用给他买的。父亲喜欢体面的孩子，所以，他不能丢父亲的人。

在快要步入敬老院门口时，他突然感到后面有个熟悉的身影。他回头发现一个同样是乞丐模样的人正跟着自己，然后便消失得无影无踪，他摇摇头，告诉自己可能是个错觉，然后进了敬老院的大门。

他以另一种着装出现，几乎吸引了这里所有的目光，一个打扮时髦的孩子步入敬老院的大门，他叫艾斯。因为他的父亲住在这里，艾斯成了当天敬老院里最大的新闻，院长说"人靠衣裳马靠鞍"，艾斯居然长的如此有精神，艾斯的父亲高兴得不得了，缠满绷带的手不停地抖动着，摸儿子的脸、头和手，然后便老泪纵横。

就这样，好些天过去了，艾斯隔三岔五地来看父亲，总是穿着华丽的服装，为父亲捎些别人不轻易能够看到的物什，许多人投来羡慕的目光。

院长告诫艾斯说："孩子，你出门时注意点，也许你的富贵吸引了别人的目光，有个乞丐模样的人一直在盯着你，你要小心点。"

艾斯感激地笑笑。

半年过去了，艾斯在某一天再次踏进医院大门时，院长惊慌失措地告诉他："年轻人，搞错了，半年多时间，你搞错了，那个人不是你的父亲。刚才，一个和你年纪一般大的年轻人过来，那人说那塌鼻子的男人是他的父亲。"

艾斯进了屋，与另一个年轻人握手，年轻人紧张地笑笑，艾斯对他说道："你早该来了，知道吗？一个父亲最需要的是孩子的关怀，还有，父亲喜欢孩子穿着体面地来见他，你应该改改装束，将你的流氓头梳起来，你不该丢下你的父亲。"

院长听得云里雾里，艾斯笑着说道："院长，其实我早知道他不是我的父亲，但你知道，我不能够捅破，因为在他的眼里，我就是他的儿子，他病得非常严重，受不了刺激，如果我告诉他实情，他也许就会精神崩溃而死。所以，我选择了沉默，现在他真正的儿子总算回来了，我对他的同情与爱正好可以交给他的儿子，这对老人没有任何的影响。"

艾斯接着说："我是个穷人家的孩子，我唯一体面的衣服便是这件西服，这是我的父亲当了好些年乞丐才换来的。我要感谢我的父亲，因为是他让我将这种感情维持下去的，他说天下的父亲没有高低贵贱之分。他是一位好父亲。"

艾斯最后说道："记住，小子，好好孝顺父亲，他需要你的照顾，他喜欢体面的孩子，不喜欢你不合逻辑的穿着。”

艾斯说着，离开了敬老院，门口一个乞丐模样的人正在等他，院长回头看时，发现那乞丐也是个塌鼻子的男人。

点评

父爱是拐杖，让我们在人生中少摔跟头；父爱是良言，让我们做出正确的判断；父爱是阳光，让我们健康的成长；父爱是音乐，让我们快快乐乐地生活；父爱是蜡烛，默默地为我们奉献着自己。

拥有美丽便不贫穷

我坐在教室的最后一排，心里乱七八糟的，这样的家境和那样紧张的氛围使得我无法左右自己的心情，黑板上的字在我的视线里慢慢变得模糊，最后变成父母的唉声叹气和同学们的冷嘲热讽。

我曾经想过让父母给自己添一双得体、好看、舒适的运动鞋，好让自己不怎么好看的外表能够稍微改变一下。但母亲花了一夜的工夫，为我做了双布鞋，然后告诉我，可以扔掉那双穿了三年的平底鞋，我的眼泪在转身时掉落尘埃，摔得粉碎。

同学们不知何时开始关注我的布鞋，与他们的皮鞋和运动鞋相比，我的布鞋的确与众不同、鹤立鸡群。他们纷纷围着我观察，直到有一个经常搞破坏的同学在我的鞋子上吐了口唾沫，其他人也狂风般地掠了过来，我的布鞋瞬间被污染，然后我的自尊经受了强烈的冲击后，我泪流满面。

王青凡老师不知何时站在我的身后，他们个个逃得不知去向。她是我们的美术老师，美术课极少，因此我对她的印象有些弱。但听说她厉害得很，班里的许多孩子都怕她。

她拉我出来，我尾随着她来到办公室里，她让我脱下鞋子，然后拿出湿布为我清理鞋面的赃物。清理结束后，她又从抽屉里拿出针线还有花，不大会儿，美丽的百合跃然于鞋面上，两朵灿烂的花、骄傲的花瞬间改变了我低落的心情，她问我："漂亮吗？"我点点头，她继续说，"你的鞋子是妈妈做的吧，真好看，我小时候也经常穿的，你看，如果再加上一朵花作为点缀，简直就是世上最美丽的鞋子啦，我们叫她布鞋开花好吗？"

我不知如何回答她，只是紧咬着嘴唇不吭声。她说："那么多孩子围着你，其实是他们羡慕妈妈给你做的鞋子，如果你穿上开了花的鞋子去教室里，他们保准会发出啧啧的赞叹声，然后呢，女孩子会回家要求妈妈给她们做与你的式样相同的鞋子。”

真的吗？我不敢相信自己的耳朵，王老师神秘地笑笑，“你可以试试呀，还有一点，孩子，我要告诉你，你不需要自卑，你身上拥有许多美丽的东西，比如说鞋子上开着的鲜花，还有你的学习成绩是如此优异，还有你走路的姿势，等等，拥有美丽便不会贫穷”。

拥有美丽便不会贫穷，这是至今仍然在我耳畔回响的一句金玉良言，我仍然记得我再去教室时大家惊异的眼光，还有第二天班里的许多女孩子都穿了与我一模一样的鞋子，她们的鞋面上也纷纷开着漂亮的百合。

点评

老师编织了一个像百合花一样美丽的谎言，但我们仍然愿意相信它是真的，因为我们每个人都拥有许多不为人知的美丽，而有了这些美丽的点缀，我们的人生绝不会贫穷。

在爱的掌心舞蹈

阿莱是被一辆出租车撞倒在地的,当时他感觉盛放的生命之花将要在瞬间凋零。冥冥中有人推了他一把,然后他的整条腿被车重重地压了过去,然后的然后,他被一位陌生人送到了医院。

阿莱醒来时,看到旁边有护士和医生的身影,还有个陌生的小男孩,他的苏醒使在场的所有人长出了一口气。医生告诉他:"撞倒你的人跑了,但他好歹还算有良心,给你留下了几万元的住院费,你需要接受手术,我们正在焦急地等待你苏醒,你必须要对自己是否手术做出选择。"

医生将一张手术单放在他的面前,然后只剩下那个小男孩天真地盯着他看。

阿莱的命是够苦的,他无父无母,孤苦伶仃,那天好不容易找到家单位接收他,但发生了不幸的车祸。这样的遭遇使得他的身心经受了难以承受的打击,那种隐藏在生命深处的酸楚和抱怨瞬间奔涌而出,他开始止不住地流泪,小男孩将一张纸巾递给他,男孩掌心里画着的可爱小人吸引了他的注意力。

小男孩告诉他:"我是邻床的病人,爸爸出去了,妈妈也在住院,我们一家三口去外面遛弯,突然一辆装水泥的大车向我们奔来。爸爸受了轻伤;妈妈受了重伤,正躺在病床上;我的脑袋受了撞击,有时候感觉很疼。医生说妈妈和我都要做手术,我们的手术排在你的后面,因为我们遭遇相同,所以在爸爸去看妈妈时,一直守着你,我一直叫你叔叔,我害怕你睡着了醒不来。"

男孩的遭遇比自己还要惨,阿莱感觉命运对这些人太不公了,男孩突然伸出了画着小人的手对阿莱说道:"爸爸在自己的左手画了我,右手画了妈妈,然后在我的手上画了他自己,妈妈的手上也画了他自己,爸爸说只要在掌心里画了祝福,就会转危为安的,一会儿等爸爸回来了,我会让爸爸画个吉祥在你的手心里,就画个小人就行,表明有人在牵挂着你,你就不会感到孤单,不会疼痛了。"

阿莱舒心地笑了,然后拉住小男孩,仔细地看他掌心里的小人,清晰的小人,温暖的小人，带着一种关怀和祝福。

小男孩的爸爸回来了，他满脸憔悴，一张努力地与命运搏击的脸孔，小男孩向爸爸讲明情况后，他爸爸来到阿莱身边，在阿莱的双手里画出两个小人，与小男孩的手心里一模一样的小人，然后笑着对他说道：“你排在我们前面进手术室，相信你能够成功的，这小人是我，在我们当中，我是唯一健康的人，我会将祝福全部送给你们。”

阿莱郑重地点点头，然后，他被护士送进了手术室。

他醒来时，看见小男孩正躺在病床上，爸爸正守在旁边。看他醒了，爸爸高兴地走过来与他打招呼，阿莱问孩子怎么样了，爸爸说医生说还可以。阿莱又问妈妈呢？爸爸眼圈通红地说：“她没能下来手术台，这早在我意料之中，她伤得太重了。她临走时，手心里死死地抓住那些小人，我知道她放心不下我们，好歹是苍天没有将我逼入绝境，孩子还活着，也许，这正是她祈求的。”

爸爸的手打开了，阿莱看到左手画着的是一位妻子，右手画着的是孩子，他们在爱的掌心舞蹈着，阿莱紧紧地抓住爸爸的手。

身后，是男孩长长的呼吸声，一个幼小的生命正从爱的襁褓里苏醒。

点评

父爱是一棵大树，即使在烈日炎炎的夏日，也会为我撑起一片荫凉；父爱是一把大伞，即使在风雨交加的路上，也不让一滴水珠落在我身上；父爱是一座山峰，让我的身心即使蒙受风霜雨雪也屹立不倒；父爱是一片大海，让我的灵魂即使碰到电闪雷鸣仍然仁厚宽容。

最美的感恩节礼物

上午上班没多久，我的手机铃声便急促地响了起来，是亨利老师打来的，他在电话中告诉我，我十三岁的儿子杰克今天的表现很是异常。我问他杰克的具体表现，亨利说："他不是这样的学生的，我一直这样以为，但今天他的表现令我很头疼，他上课时目光呆滞，好像若有所思的样子。上课不认真听讲，并且与邻座的女孩子交头接耳，我担心他早恋，他们这个年纪，是很容易出问题的年纪，我一个人可做不了主，所以，必须要告诉你。"

我本来放下电话便想立即去学校的，可偏偏今天客户多得很，令我有些应接不暇，所以我便继续打电话给亨利，"老伙计，希望你能帮帮我，替我观察一下他的行动，我今天下午最晚明天肯定会过去的，要知道，我的生意忙得很，我可不想因小失大。"

亨利哼了一声后，对我说道："你真是个唯利是图的家伙，好吧，好歹一时儿半会出不了大的问题。"

就这样，我忙了一整天，直到晚上八点多我才回了家，当时天空下起了大雨，这更增加了我的烦躁程度，我累得气喘如牛。我猛地想起该给杰克打个电话，这个该死的家伙，我想着电话接通后我要大声训斥他，又一想，不行，孩子尚小，更不能直截了当地告诉他不准恋爱，我年轻时候也犯过同样的错误，我仔细地想着如何对付这个难缠的早熟的家伙。

电话打过去了，一个孩子接了电话，可能是他们宿舍的孩子，我问他杰克呢？他慌慌张张地告诉我杰克骑车子出去了，不知道去了哪里。什么，我挂了电话怒不可遏，外面下着大雨，他不会冒着雨去和女朋友幽会了吧。不行，我必须采取措施，否则我们家将会出大乱子的，如果他给我带个女朋友回来，我该如何是好。

我准备连夜出去寻找他，但外面的雨的确太大了，我是个非常懒惰的家伙，所以，我就打了一通的电话询问杰克去了哪里，我甚至打到了前妻那里。杰克的妈妈，那个有些爱使坏的女人，此时此刻估计正与她的相好在一起缠绵，她不接我的电话，我更加气愤。

正当我气愤到极点时，门突然打开了，我的天啊，杰克冒着雨骑着自车行车回了家，我不敢相信自己的眼睛。我说："杰克，你疯了还是病了，下着雨，到家需要两个小时的路程，你别以为你是个英雄，你今天在学校的表现我已然知晓。一会儿，不，就现在，我会给你点颜色看看，让你知道老子是能够管住小子的。"

我一口气训斥他一通，他像做了错事的孩子，眼泪哗哗地流。我最害怕人掉眼泪了，错了就错了，那又能怎么着呀，我赶紧替孩子换衣服，让他吃饭。吃饭时我嘴里还是埋怨他，他一声不吭地听着我的啰唆，我从亨利老师的反馈说到他的早恋问题，然后告诫他十三岁的孩子什么都不懂，恋爱基因还没有完全成熟，控制不了自己的行为，让他不能过早结束自己男孩子的生涯，那会影响学习和他的将来。

孩子睡了，我感觉困顿万分。

早晨起来时，杰克已经走了，我突然想起自己昨晚竟然忘了问儿子冒雨回家的理由，也许他是想我了，或者是去女朋友家碰了钉子，所以直接回家了。

在杰克的书桌上，我发现一张被雨淋湿的贺卡，上面字迹斑驳：祝父亲感恩节快乐。下面是一系列祝福的文字，我突然间愣住了，昨天是感恩节，而我却在怨天尤人中收到了儿子一份迟到的祝福。我突然想起来了，他曾经问过我喜欢什么礼物，我说喜欢原始的贺卡，他的邻座女孩，不就是马丁的女儿吗？曾经来过我们家的，她会制作精美的贺卡，我好像明白了昨天发生在儿子身上的故事。

杰克一定是想送我一个惊喜，所以他在上课时一直想着如何做贺卡，他请教小马丁，结果亨利以为他与小马丁有故事发生，肯定是这样的。儿子冒雨回家，肯定是想将贺卡亲手交给我，他有些内向，被我一通数落后，不知如何表达。也许他早已经背好一些我喜欢听的词语，但我却辜负了他的一片深情，我突然间后悔万分。

那一年的感恩节，我收到了有生以来最美丽的礼物，同时我还知道了表达爱的另一种方式，那就是：深夜回家。

点评

真诚相对的知心朋友，有了他们我们可以多些快乐少些烦恼，有了他们我们可以多条人生道路，论语中孔子讲“益者三友，损者三友”说明什么事情都要一分为二地看。害人之心不可有，防人之心不可无，所以我们要时刻睁大慧眼，寻找适合自己的友谊，互帮互助，共同进步，这才是真正友谊的体现。

最美的广告是帮助别人

切尔利带那个萎缩成一团的小男孩步入我家的理发店时，我正百无聊赖地躺在藤椅上闭目养神，连续失业的烦恼已经将我折磨得几乎无任何生气，这间小小的理发店没有给我带来些许安慰，相反地，我每天都用一种忌妒的眼神张望着对面那家理发店里川流不息着各式各样的人，这一切，我除了以无言应对外，别无善法。

切尔利叫醒了我，请我为那个小男孩理发，这大大出乎我的意料，我拉着切尔利跑到里间，我对他说："尊贵的儿子，我累得慌，能让我歇息一下吗？你的母亲快要被命运折磨死了，所有的这一切，都是为了你，知道吗？"

切尔利好像做错了事似的，低头不语，为了给他一个面子，我便勉强答应了他的请求。他兴奋不已，告诉我那个小男孩叫但索，是从农村来的，不太有钱，还有一点，他的脸上有一块胎记，他整日里为此烦恼着。

我走近但索时，他正战战兢兢地站在原地，他低着头，毫无斗志的样子，不敢看别人的眼。我拍拍他，告诉他年轻人要有自信才行，请他坐在我的太师椅子上，我要为他设计一个发型，至少能够为他遮挡一些他的缺陷。

凭着我多年积攒的才气，我很快便在心中为他选择了一款既新颖又美观的发型。我行云流水般地忙活着，时而提醒切尔利为我递毛巾，时而告诉但索要低下头，其间，我还问了他的家境，当我知道他的母亲死了好些年，父亲以拾垃圾为生时，我的双手忍不住停了下来，眼角有泪水无声地滑落。

收拾完了，站在我们面前的但索简直像换了一个人，我让他昂着头、挺起胸看镜子里的自己。他瞪大了眼睛，一缕青丝正好挡住了他的胎记，他其余端正俊俏的部位显露无遗，坦率地讲，他长得俊极了，快要与我的切尔利相媲美啦！

切尔利大声对我说道："妈妈，你太伟大了，你让他获得了一次新生，他以后绝对可以自信地走在同学中间。"

我也为自己的杰作拍手叫好,原来自己是有潜力可挖的,儿子的夸奖和但索的目光鼓励了我,我发觉其实许多看似困难的事情只要不停下手与脚,努力向上攀登,总可以解决的,包括暂时的失业。

第二天下午,有两位老师模样的人走进了我的理发店,他们说是慕名而来,“听说你帮我们学校的一位男生重塑了自信,我们都很佩服你,以后我们会成为你的常客。”

又一天下午下学时,无数位小帅哥挤紧了我的理发店,他们纷纷要求我设计一个与但索一模一样的发型。切尔利告诉我,但索的发型已经引领了学校的潮流,他们都以但索为荣,以妈妈的手艺为荣。

只是在轻而易举之间,没有过几个复杂的回合,我的人生道路便来了个 180 度大转弯,以至于后来我的理发店常常爆满,不得不在市里的其他位置开了分店。

点评

原来,这世上最美的广告是帮助别人,帮助别人是一种福气,更是一种心灵深处的原始向往。帮助别人实现他们的梦想,我们也会实现自己的梦想。

最美的音乐

平日里回老家的次数不多,心里总惦记着母亲。虽然电话接连不断,但总觉得对不起她老人家,因此有空时便会举家回去看母亲。

母亲的身体依然硬朗,这是我们最大的安慰,但她明显老了,眼角的皱纹层层叠叠,笑容依然灿烂,抱着孙子一个劲儿地亲着。

妻子不太习惯住乡下,说乡下蚊子多,总睡不着,我安慰她说慢慢就习惯了。晚上,她用手推我,说妈屋里好像有什么动静,我仔细地听着,妈屋里好像有许多人似的,声音时高时低,隐隐约约的。妻的眼神里尽是恐惧,说妈别是说梦话吧,我说不能,便翻身下床去敲母亲的房门。门开了,母亲和蔼地看着我,我说妈你没事吧,她说没什么,我放心地睡下了。

第二天晚上,妻依然推我说妈屋里有声音,我便贴着墙听,果然那边有男男女女的声音,好像还有孩子的声音,我说妈看电视呢。妻笑笑说应该不是,电视里都是普通话,这好像是方言,还有小孩子的声音,好像是儿子的声音。

听妻这样一说,我吓傻了,急忙看旁边安详地睡着的儿子,不大会儿,声音没了。

第三天一早,妻神秘地拿着一盒磁带走到我的身边,对我说找到了,应该是磁带发出的声音。她说妈去地里干活了,应该不会马上回来,为了弄清事情的原委,我们马上将磁带放进录音机里,开始是一阵空白,好像有走路的声音,后来便有母亲的声音,然后是我的声音,还有儿子的声音,是我与母亲打电话的对话,大约有十来分钟的光景,接下来便是另一次电话内容。

听着听着,妻突然紧紧抓住我的手,眼里闪烁着晶莹的泪花,是母亲录下了与我们每次打电话的内容,每晚必听。也许在她看来,这才是世上最美的音乐。

在接下来的两天时间里,我们说服了母亲随我们去城里小住,母亲开始时不愿意,后来应允了。

临走时，妻对母亲说：“妈，这里有盘磁带，带走吗？”

妈回头笑笑，“带走吧”，妻神秘地在我耳边说了一句话，让我感动不已。

她告诉我：“老公，回家时再录制一份，晚上失眠时我们听。”

点评

母爱是一幅山水画，洗去铅华，留下清新自然；母爱是一首深情的歌，婉转悠扬，低吟浅唱；母爱是一阵和煦的风，吹去朔雪纷飞，带来春光无限；母爱是火红的太阳；母爱是黑夜里的油灯，母爱是冬天里的毛衣；母爱是山间的溪水。

8 岁的上海

在整个港口的搬运工中，给我留下的印象最深的莫过于他，个子不高，皮肤被海风吹得黝黑，干起活来没日没夜的，遇到急活儿，总是一股憨劲儿地带头加班。

那天，他满脸是笑地过来向我请求："头儿，能不能明天将货物的重量减轻点？"我瞪了他一眼，心里面觉得他提的条件有些无理，我摇头，"重量是上面定的，我可做不了主。"

"不是，是这样的，我媳妇和儿子明天过来，我在信里告诉他们说我在这里做的活很轻。您放心，他们下午就要走，晚上我会加班将差额部分补齐的，不会耽误进度。"

原来如此，我的心猛地一酸，不由自主地点了点头。

第二天一早，我看见一个中年妇女领着一个小男孩，坐着看海。远处，工作刚刚拉开序幕，他背上背着一个沉甸甸的包裹，其实重量是昨晚刚刚减下四分之一的，他很轻松的样子，一边走着，一边冲妻子和孩子挤眼睛。妻子急忙用手指着他，"看，爸爸"，小男孩认真地听着话，跑到沙滩上想去接近他，他却停了下来，不停地摆着手。他嘴里面大声地说着："小莲，没问题的，你看咋样，这活轻松地咱能拿下来，看好了孩子，一会儿，我给你们表演一段瞧瞧。"

我害怕他捅出什么娄子来，便跑到他的面前对他说道："老兄，注意安全，你需要过几道浅湾，还有几条独木桥，别掉海里。"

他点头，脸上都是害羞的笑，"好的，我会注意形象的，逗孩子开心嘛？"。

过第一个独木桥时，孩子远远地看着他，不停地用手指着，大叫着爸爸。他回过头说道："儿子，看爸爸给你扭个秧歌。"他说着，便上了独木桥，他走地很慢，在独木桥上悠闲地晃悠着庞大的身躯，"咯吱咯吱"，独木桥受了到巨大的挤压后，发生了弯曲，急得我直搓手，生怕那独木桥撑不住他，他做的动作大了点，差点掉进海里，小男孩被父亲的玩笑动作逗得哈哈大笑，妻子也鼓起掌来。

等到回来时，他一把将小男孩举过头顶，在头上晃了几圈，然后说："等一下爸爸继续给你表演，爸爸会天天在这里给你表演舞蹈的，过年回家了，给你和妈妈跳，好不好？"

小男孩雀跃着。

他没有去火车站送他们母子，我用自己的车代的劳，等我回来时，他刚刚完成白天欠下的工作。我将两瓶啤酒扔给他，他说声谢谢，然后便气喘吁吁。

他顿了顿告诉我："头儿，不好意思，我不该如此的，只是他们来一趟不容易，我不想他们担心我，说句实话，晚上做梦时，最想的还是他们。"

他眼眶里闪现的泪水冲开了我沉寂多时的感情闸门，两个大男人，抱头痛哭起来。

离开时，我问他："你儿子多大啦？"他回答道："8 岁，名字就叫作上海。"我说："好年轻的名字，我们的上海大概也 8 岁吧。"

他怔了怔，然后冲着我憨憨地笑。

下午送他们母子走时，我告诉孩子："你的父亲为你表演了这世上最动情、最无私，也最充满智慧的舞蹈，有了这样的快乐，你已经是天底下最幸福的孩子。"

我向他隐瞒了这个秘密。

父爱是海，深沉而又宽厚；父爱是火，炽热燃烧；父爱是酒，令人回味无穷；父爱是山，深沉而又博大；父爱是伞，为你遮风挡雨；父爱是雨，为你清洗心灵；父爱是路，伴你走完人生。

点评

"8 岁的上海"，听起来让人费解，但看过后，却觉得作者匠心独运。本文是亲情故事，发生在上海港口，却让人感受到了平凡的父爱。

“病态”也是一种美丽

美国伊利诺伊州的郊外有一间孤儿院，与别的地方的孤儿院不同的是，这里居住着的都是一些有残疾的孩子。他们有的是战后的遗孤，有的是被狠心的父母遗弃的，可想而知，与这样一群孩子生活在一起，该是多么地压抑与悲凉。

突然有一天，伊利雅院长发现一个患有脑瘫的女孩子居然在无人处孤独地跳舞，她舞步翩翩，步态轻盈，栩栩如生地模仿着电视上的那些画面。这令伊利雅很意外，为了试探她的主动性与才艺，她做出了一个令自己也吃惊不已的决定。

第二天上午，她破例带了那女孩去参加市里的选美大会，这自然遭到了许多同事的反对，伊利雅院长笑着说：“没有什么特别的原因，只是觉得这女孩子挺可爱的，想单独带她出去走走。”

从那天起，伊利雅院长居然惊奇地发现，这个叫阿比的残疾女孩居然对美有着如此的冲动和激情，她坐在观众席里不时地欢呼雀跃着，一点也不像个有个患有脑瘫的孩子。

伊利雅院长回去后便主动开发起阿比这方面的才能，她教阿比跳舞，阿比欣然应允，一周后阿比便可翩翩于舞场；她教阿比学模特走步，阿比居然走得像个高傲的公主，惹得周围的学生高声欢呼，阿比却突然间败下阵来，斜着眼睛，恢复了原先的“病态”。

更令伊利雅院长感到不可思议的事情发生了，一个月后，孤儿院居然收到了一封邀请函，说有个叫阿比的女孩报名参加了市里举行的选美大会，伊利雅感到有些愤怒，玩玩也就可以了，居然异想天开参加什么选美大会。

铁青着脸的伊利雅郑重地与阿比进行了一次谈话，但她得到女孩唯一的答复居然是：“不，我要参赛，这是我的权利，我有选择美丽的权利。”

一个月后，选美大赛正式拉开了帷幕，伊利雅不敢卒读地卧在自己的床铺上,她在想着阿比出丑后如何向电视台解释这件事情的原委,也许她的孤儿院会名声扫地的。

但意想不到地是,当晚,伊利雅居然收到了大赛组委会的颁奖邀请:阿比在当天的比赛中得到了第二名的好成绩。伊利雅大喜过望,仔细地收看了当天的电视录像,她欣喜得地热泪盈眶。

事情没有到此结束,阿比的愿望是参加全美的选美大赛,她为此努力准备着。

站在舞台上的阿比,娇媚无比,她步履蹒跚,观众们却认为这是一种恰到好处的温柔。

掌声证明了一切。

点评

美时时刻刻都存在于生活与生命中,生病也是生活的一部分。阿比用自己的实践证明,“病态”的人一样可以拥有自信,拥有成功,拥有美丽。

出类拔萃的帽子

1931 年盛夏，美国芝加哥市区一家工厂的招聘处门前，人头攒动。在经济危机的旋涡中百般挣扎的失业工人们，顾不得汗流浃背，好不容易得到一家企业要扩大生产招收工人的信息，这里人山人海，走廊里、办公室门前人们争相表现自己的才能，生怕这个千载难逢的就业机会倏然而逝。

招聘处的旁边便是总裁办公室，查尔先生隔着玻璃窗凝重地望着眼前蜂拥而来的人群，他时而搔头，时而长吁短叹，他有心站出来制止他们，但他又想到，也许美国公民在经济危机中平淡太久了，此时此刻，正是他们释放的最好时机。

突然间，查尔先生发现一处与众不同的风景，他看到一个瘦瘦的高个子青年，大夏天的居然戴着一顶厚重的破毡帽，人们都恨不得在这个夏天将身上能够去掉的东西全部抛弃，而唯独他如此地引人注目，如此地鹤立鸡群。那个十七八岁的年轻人，此时正向四周不停地张望着，他没有像其他人那样激动，而是用一双充满智慧的眼睛瞅着四方，直到他的目光与查尔的目光交错在一起，查尔突然间身不由已地站了起来，告诉年轻人到他的办公室来。

查尔先生开门见山地问这个年轻人：“你能告诉我你为什么这样一身打扮吗？”

年轻人哈哈大笑起来：“很简单，为了引起招聘人员的注意，我自信十分有才，但害怕人多将自己走丢了，所以便为自己准备一顶厚实的帽子，不然，我怎么能够轻松地走进总裁的办公室呢？”

查尔先生喜出望外，他破格录用了这个年轻人，并且让他在一年后做了市场部的销售经理。

这个戴着“出类拔萃”帽子的年轻人名叫鲍尔曼，他后来成为俄勒冈大学的体育教师，并且帮助一个叫奈特的人设计出了耐克公司的第一款运动鞋。

耐克公司的成功不仅得益于总裁奈特的机智和聪明，更取决于鲍尔曼的设计和毅力，正是在他的帮助下，耐克公司一举成名，成为世国闻名的运动鞋制造商。

鲍尔曼成功后，查尔先生曾经说过一句话，他说道：“那顶‘出类拔萃’的帽子下面，一定藏着一个与众不同的人和一颗永不停歇的心。”

点评

创新不是在企业文化里写上“追求卓越，变革创新”八个字。创新也不是投机。所谓创新，首先是心态和文化的创新，其次是产品和服务的创新，然后是销售方式的创新。

把草帽从头上摘下来

20 世纪初的巴伐利亚，人们以做草帽生意为荣，因为草帽在一段时间内带动了这里经济的腾飞。因此，无数草帽公司如雨后春笋般脱颖而出，小商小贩们更是瞅准了空当，竞相展示着自己的产品。

一个名叫威尔斯多夫的年轻人，整日里为自己不能挣到钱而苦恼。他曾经是个爱琢磨工艺品的孩子，他从小立志做一名出色的科学家，但世事弄人，贫寒的家境使得他过早地丧失了学业。

一个偶然的时机，威尔斯多夫萌生了制造一种防水手表的念头。

正当他为自己的梦想狂欢时，与一个朋友偶然间的谈话使得他差点崩溃。那位朋友告诉他，有一个叫菲尔德的人正在设计与这种款式类似的手表。

威尔斯多夫想在最短的时间内设计出这种手表，并且申请专利，但他又害怕菲尔德先于自己设计出这种手表来，因此，他一度陷入苦恼中。

终于有一天，威尔斯多夫想出了一个绝妙的主意，他画了一张简易的图纸，找到菲尔德并告诉他自己需要一顶可以抵挡冰雹的草帽，这种草帽在美洲地区十分畅销，但菲尔德要在一周内设计出所有的图样并付诸生产。

菲尔德喜出望外，暂时停止了对防水手表的设计，因为他不想使自己的生意受到影响，谁不想赚取更多的利润。

等到菲尔德设计出威尔斯多夫需要的草帽时，威尔斯多夫早利用这个空当设计出了世界上第一款有防水功能的自动手表并且申请到了国家专利，他利用一个聪明的想法为自己赢得了宝贵的时间。

如今，威尔斯多夫设计出的“劳力士”手表早已经风靡全球，谈到他的成功，他总会含蓄地将草帽从头上摘下来，告诉大家，其实我的成功是一个巧合，那就是将草帽从头上摘下来，然后我看到了蓝天、白云还有无边无际的操场。

将草帽从头上摘下来，也许我们能够看到更加宽阔的世界。

点评

无论是技术创新还是服务创新都需要依托积极的心态和文化创新,如果一副垂垂老矣的样子,我真的不相信你能创新。如果企业一片死气沉沉,人人但求无过就行,我也不相信会有任何创新。由内而外,去追求创新,似乎才能看到希望。

把石头送给因纽特人

1904年春天,一个叫斯坦因尔的法国人独自驾着小舟闯入了爱斯基摩人的领地。当时,他的小舟上载着无数块从法国带来的石头。

当他的小舟到达爱斯基摩人的领地时,他竟然得到了从未有过的礼遇,无数个姑娘接近他,争相拉着他去自己的家里休息。

他荣幸地被当地一位族长的女儿拉走了,当晚,女孩子便闯入了他的房间,非要嫁给他。他疑惑不解时,却意外地发现,女孩子的手里竟然握着他从法国带来的那些乱七八糟的石头,他想办法逃脱“虎穴”时,却被埋伏在周围的其他女孩子的家人劫走了。就这样,他身上所带的石头被洗劫一空,还好几次差点做了新郎。

后来,他才知晓,因纽特人居住在冰雪覆盖的地区,石头极少,当地女孩子将石头当作出嫁的一个重要资本,如果哪个男孩子家里有石头,便会成为女孩子追逐的目标。而这个法国人的出现,为当地带来了一次石头革命,他们头一次见到这么多贵重的石头,他们喜出望外,所以才将斯坦因尔当成了追逐的焦点。

这个法国人听说这个消息后,忽然灵机一动,这里到处都是冰块,如果能够将这些冰块运到法国去,必定成为热销的商品。

于是,半年后,他运了一整车的石头到达了爱斯基摩人的居住地。他的条件很简单,用一大块冰换一块石头。

斯坦因尔抓住了这个良机,用石头免费换来几百万吨的冰块,他发了横财,冰块被广泛应用于社会各个阶层,包括后来用于冰雕艺术品和许多赛事。

点评

　　而在爱斯基摩，有一个叫海因斯的人也抓住了时机，他利用冰块换取了无数不知名的、贵重的石头，他在爱斯基摩建立了第一个奇形怪状石头的展览，并且取得了空前的成功，他所搜集的石头的价值超越了所运出冰块的价值总和。

把信邮给未来

墨西哥湾原油泄漏事件牵动着全世界人民的心,美国政府一直在想办法解决这场事故,奥巴马甚至大动肝火。

沾满油污的海鸟,张大嘴巴的鱼,脏兮兮的海滩,这便是这场事故带给人类的灾难。

镜头切换至中国境内,一个普通的成都市民,他的名字叫李良正,他每天的生活就是看看电视、看看报纸,忧国忧民。

美国很远,但环保离我们很近。老李这些日子一直在关注原油泄漏事件,他仔细看了新闻报道,发现此前采用的堵漏方式,大致有四种:灭顶法,是强制性地用压力遏制漏口的压力,把漏油的压力堵回去,然后强制性封上口子,但失败了;还有就是打井法、加盖法等等,或者失败,或者还要等很长时间,这让老李很忧心。

一天,他突然发现,灭顶法之所以失败,是因为内外压力不等!于是,他开始设想,要是用一个巨大的盖子将漏油点盖上,然后在盖子上部留一个活动阀门,最初敞开阀门,将四周固定封死,封四周的时候,因阀门敞开,所以盖子不会被冲起,等盖子固定后,就可以强制关上阀门,进行填充,这样漏油不就被堵上了?

想到这里,他喜出望外,他觉得应该将这种方法告诉美国政府。接下来,他写了封信,还请人进行了翻译,他在美国的一些论坛上发表了他的想法,但没有反应,后来,他干脆登录了美国政府网站,并且找到了美国政府的邮箱,他试探着发了封邮件,然后长长地出了一口气,不管采用与否,他觉得自己已经为环保尽了绵薄之力。

5 日后,朋友打开邮箱,竟然发现了一封纯英文的回信,署名竟然是贝拉克·奥巴马。

奥巴马在回信中说道:“感谢亲爱的朋友,感谢你致信给我,提供关于墨西哥湾漏油事件的处理的方法。我们正在全力以赴解决危机。”

李良正知道消息后，喜出望外，他没有想到能够收到奥巴马的回信，他在电话里告诉记者他将继续关注环保问题。

点评

环境是地球的未来。这封邮给奥巴马的信，其实也邮向了地球的未来，邮给了地球上的所有公民。李良正用自己的实际行动倡议所有的人关注环保，关注地球，关注我们共同的家园。

天使只是帮你找到了伤口

七岁那年冬天，切尼在一次意外事故中昏迷不醒，唯一的亲人外公在野地里发现了他。切尼醒来后感觉胸部疼痛难忍，好几个资深医生反复检查后，依然找不到问题所在，他们说可能是有一种坚硬的物质撞击了切尼的胸部，致使他的神经产生了紧迫感。

在那个年代，还没有像现在这么先进的检查仪器，因此，外公和切尼相信了医生的话，切尼在医院住了一段时间后，病情有所缓解，便出院回家治疗。

之后的几年里，每逢阴雨天气，切尼总会被胸部的疼痛折磨得死去活来，外公总是站在旁边，不停地为他祈祷和念赞美诗，但切尼还是坚持不了，他想一死了之。在外公的安排下，切尼重新住进了市里的一家高档医院，那里的医生说可以帮助切尼找到问题的所在。

经过仔细检查，他们发现切尼的胸部有一根钢针别在肉里，可能是当时跌倒时无意中碰到的钢针。正是这条钢针，在无声地折磨着切尼，医生说可以通过手术取出他，这令外公和切尼喜出望外。

手术很成功，钢针被取出来了，但锈迹斑斑的钢针还是破坏了切尼的胸部细胞，他仍然会感到疼痛。

切尼开始不相信有上帝存在，不相信医生是救人的天使，他大骂他们昏庸无知，为自己找到了病根却不能解除自己的痛苦。于是，外公在一个迷人的黄昏，向切尼讲述了自己的故事：

外公年轻时参加了美国南北战争，并且有一颗子弹深深嵌在腿肚里。外公说着，将自己的裤管掀开，切尼第一次看到外公的腿，崎岖不平的腿，弯曲的腿，佝偻的腿，令人心痛不已的腿。外公告诉他，这子弹一直长在肉里，十年前，有一位部队医生说可以将子弹从我的腿里取出，但检查后他们认为：子弹嵌得太深，如果取出的话，我的这条右腿将残疾，我不愿意有那样的结局，你知道，我走路虽然有些毛病，但好歹不用别人搀扶，我可以自己走，我不愿意让自己成为别人的累赘，所以我选择了放弃治疗。现在，我的肉里依然有一块沉甸甸的子弹残存着，它无时无刻不在折磨着我，让我伤痕累累，你能说怨恨医生吗？孩子，天使只是帮你找到了伤口所在，真正能够治疗自己伤口的是你自己，你需要自信，坚持，执着，用一条横亘在天地间的恒心战胜它，就好像在战场上，它是你的敌人，你要用一条钢枪死死顶住死神的胸膛，你是一个真正的男子汉。

这是切尼所听到的最为震惊的一则故事，外公的故事深深地震撼了切尼幼小的心灵，他在努力想着，既然天使已经帮我找到了伤口，那我就不能辜负天使的期望，我要用坚定的毅力舔舐它，用取之不尽的信念温暖它，使它成为我的战俘。

亲爱的朋友们，请记住，所有的伤口，天使只是能够帮你找到它们，真正能够治疗它们的，在天地间，唯有你自己。

点评

本篇被《青年文摘》转载，后被用作江苏省某市的中考试题。文章名字起得好，有一股哲理的味道，直接点出了作者要叙述的论点，文章通过叙述一则故事，教会我们战胜磨难，哪怕满身是伤。

不是所有的伤口都能够愈合

2003年春天，俄罗斯高加索地区，一个叫毛卡斯基的男孩不幸被一条刚刚冬眠苏醒的高加索蝰咬了一口。由于此蛇拥有世界独一无二的奇毒，毛卡斯基昏倒在地，幸亏被一个打猎的人发现了，及时医治才保住了性命。

虽然脱离了生命危险，但奇怪的是，他身上的伤口却无法愈合。他在父母的安排下，住进了莫斯科市医院，医生认真检查了他的伤口后发现：伤口上已经没有余毒，可是依然残留着一些脓液。医生不得不重新给他进行了局部切除手术，手术后没有多少天，伤口又离奇地出现了裂缝，且同时伴随着微量的脓液排出。

这道难题难坏了俄罗斯所有的高明医生，他们从德国请来一位医学专家进行会诊，结果却令众人大吃一惊：毛卡斯基的血液竟然是千万分之一的稀有血型，正是这种稀有的血型，使得现有药物无法与血液融合。也就是说，这种奇怪的伤口必须伴随毛卡斯基一生。

这简直是一则让人心力交瘁的消息，毛卡斯基回到家里时，痛不欲生，他不愿意见任何人，甚至想到自杀结束自己的生命。

他的祖父是一位俄罗斯老兵，他佝偻着身躯找到了病榻上的孙子，他什么话也没有说，而是脱掉了自己的上衣。祖父的身体十分难看，上面长满了疥疮，像一只只难看的动物伏在身上，且身体畸形，毛卡斯基从来没有见过如此恶心的场景，他有一种想呕吐的感觉。

祖父是一名老兵，也是切尔诺贝利核泄漏事件的幸存者，还有和他一样的几十万人幸存下来，可是他们不得不面临着痛至骨髓的残酷折磨。

祖父最后告诉他："不是所有的伤口都能够愈合，伤口时刻提醒自己要自强、自立和自信，相信你能够克服这种困难。"

毛卡斯基振作起来，他总结出了一套切实可行的好办法，他用手帕包裹住伤口，然后穿上衣服像正常人一样行动和工作，到了晚上，他会将手帕抖开，清除掉伤口上的脓液。

点评

困难是一块石头，对于强者，它是铺路石，对于弱者，它是绊脚石；困难是一块磨石，把强者磨得更加坚强，把弱者磨得更加脆弱。不是所有的伤口都能够愈合，没有困难的人生不叫人生。

绝不要向鲸鱼开火

1985年冬天,海地首都太子港某港口,一伙儿渔夫正在设法诱杀一只受伤的鲸鱼,鲸鱼搁浅在海滩上,正在做着最后的挣扎。

正当渔夫们的脸上呈现出一份喜悦之情时,一个年仅14岁的孩子冲破了拦网,他直接来到鲸鱼面前,向渔夫们大声嚷嚷着:"不准向我的鲸鱼开火,我是它的主人,它属于大海,马上将它放入大海里。"

渔夫们吓了一跳,以为遇到了强盗,当他们意识到只是一个孩子的无理取闹时,他们哈哈大笑起来,互相议论着:这是谁家的孩子,太可笑了。他们相继对着孩子大声骂着:"滚蛋吧,回家向母亲要奶吃,这儿不是属于你的领地。"

"给我住嘴",孩子义愤填膺,"你们知不知道它来自于海洋,鲸鱼数量已经极其少,如果全世界的人都像你们这样猎杀鲸鱼,恐怕没有多久,它们就会绝种的。这是历史老师说的,我认为她讲得十分有理,希望你们支持我,我正在做救援鲸鱼的活动,现在,它属于我。"

"胡说八道,狗屁道理,回去告诉你们老师,给我们准备馒头、米饭,让我们生存,我们就可以不猎杀它们。"

孩子被扔进了荒滩里,现场一片喧哗,孩子的哭泣声划破夜空,冲向黎明。

时间陡然一转,来到1993年的冬天,一个年轻人站在甲板上,正向远方眺望,突然间,他似乎发现了什么,他大声命令让船停下来,然后径直来到渔民中间,一条鲸鱼正愤怒地抖动着庞大的身躯。

"先生们,请你们放过它,不要向它开火,我出钱买下它,行吗,需要多少钱?"

渔民们何乐不为,他们直接将鲸鱼卖给了年轻人,同时问道:"你想将它放在何处,我们可以帮忙。"

"不,放回大海里。"

“简直是个疯子”，渔民们交口接耳。

“不准你们再次补捞这只鲸鱼，我在它的身上拴上红布头，我们应该一言为定，如果你们有，我还会买的，这是我的联系方式。”

在渔民们的嬉笑声中，年轻人重新上了船，他的目的地是美国的纽约。

这个年轻人叫韦克莱夫·让，拥有美国和海地双重国籍，他是一位说唱巨星，喜欢做慈善工作，被誉为“嘻哈天王”。

在海地，他拥有无数歌迷和追随者，不仅缘于他优秀的歌唱才华，还因为他是一位慈善工作者，他的良好口碑促使他返回海地参加新一届总统的选举。

“如果没有大地震，恐怕我参选的时间会延迟 10 年，但现在，我知道海地人民需要我，相信我可以让大家充满希望。”这是他的参选宣言。

点评

人们总说想要回到干净的大自然去，可是有多少人在身体力行地将我们的城市也建造成一个美丽的大自然。城市也是大自然的一部分，只是没有那么美丽干净罢了。原因是什么，人类的过度开发？人们的肆意破坏？

嘈杂红尘里的细腻智慧

英国伦敦郊区有个著名的小镇叫伯明镇，小镇并不大，但商业发达，人杰地灵，聚集着各式各样前来“淘金”的年轻人。

不知从哪天起，来了几个不知名的泼皮，他们也许闻到了小镇饭店里飘出的鸡蛋香，或者是他们突然间眼前一亮，发现了这么一处宁静的住所。

他们带来了一大片的嘈杂，这个原来安宁的小镇，被他们的突然出现打破了，就像一堆碎石，被莫名的力量扔向了平静的湖面上，荡起层层波浪。

他们的恶作剧是这样的，挨家挨户要吃的。开始时老板们不给他们，但他们根本不按正常的思路走，使得那些老板拿他们没办法，为了不影响生意，便总会将一些吃剩的饭菜丢给他们。于是乎，干净的街道上，到处狼藉，没少让穿着高跟鞋的女士们在打滑的地面上“翻跟斗”。

这还不说，他们接下来变本加厉，在一个简易的台子上，他们不知从哪里搬来几面破鼓和脏锣，然后便废寝忘食地开始了他们的“音乐”生涯。

小镇上的人们叫苦不迭，动用了大批警察来维持治安，将他们赶走，扔了那些破玩意。但过了没几天，他们又出现了，好像故意与大家过不去的样子。

小镇的人越来越少，好好的伯明镇成了一潭死水，缺乏快乐与生机。

在紧挨着他们“音乐平台”的居民楼的三楼，住着一个刚刚辍学不久出来行走江湖却失意落魄的音乐爱好者，他的名字叫戈登，他想考取伦敦音乐学院，但分数太低，无奈下便离了家，跟父母撒了谎，躲在这个角落里生闷气。

街上的事情同样影响了他，他觉得自己应该下去，好好地揍一顿这些不知好歹的“变态狂”。因为他们产生的破落声音简直破坏了他的思维能力，他不得不一次次地罢笔，几天几夜过去了，纸板上依然空空如也。

他疯狂地冲到街道上，那几个调皮的无赖，依然十分热烈地进行着自己的“音乐伟业”，街面上没有几个人，人们离开得差不多了。

戈登跑到他们面前，对他们大声叫道："混蛋，赶快给我停止，唱得难听死了。"他们依然故我，他累了半天，抓了这个，跑了那个，他们好像故意在与自己捉迷藏的样子。戈登最后脑筋一转有了主意，对他们说："你们听我的，我让你们谁先唱就谁先唱，你们比赛一下，看谁唱得好，如果谁唱得好，我今晚请你们吃饭。"

这样的话一出口，立刻引起了他们的全力配合。戈登命令他们每个人表演自己的拿手好戏，他们很认真的样子，第一个唱了一首歌，很动感的那种；第二个开始扯着嗓子乱喊，让人听起来毛骨悚然；最后一个孩子的表演吸引了他的注意力，那个孩子故意将头发甩了甩，然后大大方方地扭动着腰肢，肢体语言如此丰富地运用到唱歌中，戈登还是第一次见到。

那天傍晚，戈登的思绪前所未有的活跃，他破例请了他们吃了一顿丰盛的晚餐，然后第二天邀请他们继续进行他们的事业。

人们惊奇地发现，在这众多的泼皮无赖中，不知何时多了个打扮体面的年轻人。开始几天，他穿得整整齐齐的样子，后来，他唯一的衣服被无赖们给抓破了、弄脏了，脸也脏得不成样子。

一个月后，人们再次惊奇地发现，在那座"音乐平台"上，不知何时添了许多锣鼓，一个叫戈登的年轻人，带领自己新组建的"疯狂乐队"闪亮登场。他们的表演虽然没有章法，但却比原来耐听了。开始时无人问津，直到后来，台下挤满了人，附近的媒体也争相前来报道。

半年后，戈登为自己创建的乐种起了个好听的名字"摇滚"，这样的音乐表现方式需要非常丰富的肢体表现力与音乐元素相结合。

如今，摇滚早已经风靡全球，它的到来，为人们提供了一种无法比拟的渲泄方式，更是带来了音乐的大变革。可以这么说，20 世纪 70—80 年代，是属于摇滚的年代，无数摇滚歌星应运而生，他们为摇滚业的发展做出了巨大的贡献。

在嘈杂的红尘中，那个只有 18 岁的年轻人戈登，发现了无比细腻的智慧与力量，他将嘈杂的声音与音乐相结合，满足了人们对音乐的新追求。

点评

成功有时候缘于一念之间,但这却来源于丰厚的才能、扎实的基本功。有些人,具备独特的眼光,他们目光敏锐,其实是修养与能力的一种体现。

第五辑　悲哀时就唱歌

悲哀时就唱歌，这是一个多么智慧的人生信条啊！哭泣容易使人迷失自我，找不到来时路，唱歌却可以使人心情愉快，勇敢地面对现实，并且找到解决困难的方法。当歌声嘹亮起来时，我们的脑筋会变得清醒，四肢会更加灵活，周围的环境会更加怡人，好事便会悄然走近。

把自己背过山去

一帮热衷于探险的年轻人，相约穿越阿尔卑斯山，他们都是中学生，大约十五六岁的年龄。

其中有个叫艾蒂安的家伙为了彰显自己的出类拔萃，竟然与大家打起赌来，他微小的眼睛闪现着光芒，他呼唤同伴过来说他有话要讲。许多同伴对他嗤之以鼻，认为他好为人师，是个人人都不喜欢的家伙。

“我要告诉大家，我想把自己背过山去。”他促狭地笑着。

这简直就是一种创举，大家不约而同地面对着他，他接着说道：“徒步穿越阿尔卑斯山需要一周时间，而我则可以在 3 日内飞越阿尔卑斯山脉，大家信吗？”

同伴们开始骚动起来，直至后来，大家纷纷嘲笑他的不可一世和目中无人。他阐释着自己的雄伟构想，但大家表示不愿意听，接下来的几个小时内，大家相约着出发了，只留下这个叫艾蒂安的孩子。

一定要把自己背过山去，他鼓励着自己，同时望着山峰发呆。

他最初的设想是找一架路过的飞机，将自己带过去，但这种设想无异于痴人说梦；他又想，也许可以找鸟儿帮忙的，它们可以将自己驮过阿尔卑斯山，这又是一种镜花水月的设想，没有哪只鸟儿愿意听从他的指挥。直至一天后，他仍然一无所获。

但情况出现了转机，他意外地在山脚下发现一只绷裂的热气球，这可能是某个探险爱好者落下的，他如获至宝，想着可以利用气球将自己带过山去。

他有过这方面的常识，开始寻找使热气球重生的资源，在山脚下，他找到了一户人家，并雇用他们将气球缝合好。

两日后，也就是他们相约的第三日，这个叫艾蒂安的家伙居然鬼使神差地坐上了自己改装的热气球，并且在一日内到达了山脉的另一面。

他成功后，对同学们说着：“风光无限美丽，将自己背过山去的感觉十分舒畅。”

他简直就是一个怪才，许多同学们不得不竖起大拇指对他表示祝贺。

接下来，艾蒂安没有使自己的梦想冷却，他开始研究起热气球原理，并且自己成功制作了一个的热气球，他 22 岁那年，终于成功地飞越了整座阿尔卑斯山脉。

2010 年 4 月，让·路易·艾蒂安乘坐热气球开始独自穿越北极之旅，他创造了一个新的世界纪录，成为全球首位单独乘坐气球飞越北极上空的探险家。

点评

把自己背过山去，听起来的确有些匪夷所思，但正是有了这粒梦想的种子，成功之花才有可能在现实的土壤里绽放，没准儿哪一天，我们会把自己背上火星呢？

悲哀时就唱歌

爱尔兰北部的一个村庄,有着与其他地方不同的有习俗:悲哀时不得哭泣,必须唱歌。

听当地人说,这里面有一个古老的动人传说。

有一个女孩,天生爱美丽,她就住在爱尔兰北部的村庄。她有着幸福的家庭,家中有她的父母和一个漂亮可爱的妹妹。女孩天天赶着羊群,挥着鞭子寻找自己的梦想。终于有一天,她发现在云彩的另一端,有一座漂亮的闪着金光的房子,那座房子的窗户前,有一位白马王子正在等待心上人,这是一个多么美妙的故事呀!

女孩没有将这件事情告诉父母,而是独自一人踏上了寻找伴侣的路程。

功夫不负有心人,终于有一天,她找到了那座房子。但奇怪的是,没有王子的身影,房子也不是金黄色的,好像刚刚发生一场泥石流。

她到处寻找,就是找不到王子,她无奈之下,一边流着眼泪一边往家里赶,在赶回家的第二天,她病倒了,睡梦中一边哭着,一边喊着王子的名字。

她害了典型的单相思,她甚至不清楚王子的容貌,或者是她只是一厢情愿的,父母均是这么认为。但她只是哭,眼泪流成了一条小河,忧伤的样子惹得周围的亲戚朋友也每日处在悲伤之中。

这种气氛感染了周围的环境,山河也开始呜咽,花草开始失色,才几日光景,景色一片凄惨。

再接下来,更不幸的事情发生了,暴雨成灾,泥石流发生了,整座村庄化为乌有。

他们搬了几次家,但灾难却尾随着他们全家,好像暴雨十分喜欢小女孩的哭声,也许她的哭声惹怒了天公。

一位年长者走进了她的家门,语重心长地劝这位小女孩:“你悲伤时,不应该哭泣，而应该唱歌，我敢保证，那位王子听到了你的歌声，一定会来找你的。”

小女孩听了年长者的话，便试探着唱起歌来，歌声十分悠扬，使得她自己感觉有些神清气爽，她便出门给风儿唱，给雨儿唱，风雨温柔了许多。

在她唱歌的第四个年头，一位年轻帅气的王子走进了她的生活，他爱她，疼她，她也认为这就是当年遥望的那个白马王子。

由于害怕悲哀时哭泣会暴发泥石流，会使天公动怒，当地人便订了规矩：悲哀时不准哭泣，只准唱歌。

悲哀时就唱歌，这是一个多么智慧的人生信条啊！哭泣容易使人迷失自我，找不到来时路，唱歌却可以使人心情愉快，勇敢地面对现实，并且找到解决困难的方法。

当歌声嘹亮起来时，我们的脑筋会变得清醒，四肢会更加灵活，周围的环境会更加怡人，好事便会悄然走近。

如果你路过那个村庄，你就会发现周围总是歌声悠扬，歌声中有欢乐，也有他们不愿意用哭泣表达的忧伤。但无论如何，歌声总会给人向上的力量，这种力量，比得上太阳的光芒。

点评

通过丰富的人物语言和动作，衬托出人物的思想品质，文章想象合情合理，叙述自然生动，结构紧凑，衔接自然连贯，中心突出，给人一种喜悦感。

成功也是失败之母

14 岁的少年詹姆斯看了一部科幻电影，电影的名字是《2001 太空漫游》，他被片中精彩的画面所感染，下决心要做一名导演，也要制作出世界上无与伦比的精彩画面。

他天生有艺术感召力，总爱在公开场合说出自己的想法，因此，他博得了许多同学的喜爱。当然，也有许多人反感他的不可一世，他下决心用一场演出来堵住大家的嘴。

这件事情发生在他 18 岁那年，在加利福尼亚州立大学物理系，他多次申请后才取得了元旦晚会的导演资格，但校园里许多人对他不屑一顾，一个物理系的学生偏偏喜欢什么艺术，简直就是走弯路。

他用一场完美的晚会博得了经久不息的掌声，当他被众人高高抛起时，一颗年轻萌动的心开始膨胀起来。

在接下来的大学校园生活中，他接连举办了 3 场晚会，但效果却一场比一场差，在最后一次，他不得不将整场演出以内部招标的方式租给另外一名校外导演。消息传出去后，许多人对他嗤之以鼻，认为他根本就不是搞艺术的料，也有人说这是他骄傲过度的结果，才能被虚伪掩饰了。

这个名叫詹姆斯的年轻学子，毕业后没有从事与物理相关的行业，他做过煤矿工人，做过钳工，为了生存甚至给人家干过苦力，但他那颗经受打击的心从未停歇过，他利用挣来的钱投奔艺术学院接受正规的培训教育。

时间来到了 1981 年，他自编自拍自导的影片《食人鱼 2：繁殖》几经辗转在意大利拍摄完成。这部奇异的电影让他声名鹊起，人们开始认识了这个年轻帅气的导演，他的意气风发和在众人面前的侃侃而谈吸引了众多的影迷。

但命运与他开了个天大的玩笑，他接连拍的几部影片都无人问津，他为此深陷迷途，曾经想过干脆不做了，或者是重新拾回自己的物理专业，去实验室里终其一生。

时间到了1997年,当时世界上投资最多的电影《泰坦尼克号》拍摄成功投放市场,人们都说詹姆斯是在与命运豪赌。在影片的制作过程中,他身体力行,几乎每一个角色与片断都凝聚了他的心血,他大声疾呼着:“泰坦尼克号’可沉,《泰坦尼克号》不可沉。”

时间证明了一切,《泰坦尼克号》取得了举世瞩目的成功。

2010年初,他执导的电影《阿凡达》获得了全球奖和奥斯卡金像奖的多个奖项。迷人的画面设计,非同寻常的视觉震撼,将观众带入到一个科幻的场景中,看完不忍离开,拍手叫绝,欲罢不能。

他就是詹姆斯·卡梅隆,加拿大著名导演,被人们称为天才导演。

点评

不要总是认为失败是成功之母,有时候,成功也是失败之母。一次成功是不值得一提的,也许忘记成功才是最重要的。因为你如果只看到成功,就会影响你的思想,学会冷静地看待自己十分重要。

出丑也是一次难得的机遇

香港维多利亚小学,4 年级的小学生们正在老师的带领下进行一场演讲比赛,演讲的题目是《我的理想》。这是个非常普通却又能够锻炼人意志的话题,同学们三三两两地议论着。

比赛开始了,同学们个个准备地十分充足,有人的理想是长大了做一名科学家,有人的理想是做一名像鲁迅一样的文学大师。

轮到了一位个子矮矮的小男孩,他的发音有些颤抖,显然是平常没有多发言的缘故,但他的演讲内容却着实让大家吓了一跳,继而便哄堂大笑起来。

他的内容是这样的:“我的理想是自己做一颗炸弹出来, 然后将自己崩到天上去,我就可以环游整个世界啦!”

老师忍俊不禁,小男孩好像知道自己丢了丑,抹着眼泪走下了讲台。教室里喧嚣声响成一片,有鼓掌的,有喝倒彩的,不知道是夸奖还是嘲笑,总之,这个男孩认为自己出了丑,还没有下课,他便一个人跑回了家。

从那以后,同学见到他,便会讥笑他的理想:“你会造出炸弹来吗? 开玩笑,还把你崩到意大利呢?”

小男孩生了几天闷气后,不服输的性格马上占据了上风,他非要自己造出炸弹不可。接下来,他准备了许多材料,忙活了几天,但炸弹确实没造出来,倒是折腾出了一台半导体收音机,他喜出望外,继续自己的创造梦想。

一个偶然的契机,他制造出了炸弹。他为了证实自己的杰作,领着许多同学到大街上去,他要当众引爆自己的炸弹。炸弹果然爆炸了,幸亏没有伤到人,但这足以证明,他绝不是一个随便说大话的年轻人。

后来,他来到了英国继续钻研喜欢的物理专业,他在一篇论文中提出了一个设想:用玻璃纤维作为光波导用于通讯。这个观点一经发出,人们都认为他是个神经病,这是绝不可能的事情,简直是在开国际玩笑。但事实胜于雄辩,他于 10

年后制造出了世界上第一款石英玻璃，发明了光导纤维，使科学界大为震惊。

他叫高锟，被人们称为“光纤之父”，由于他的杰出贡献，1996 年，中国科学院紫金山天文台将一颗于 1981 年 12 月 3 日发现的国际编号为“3463”的小行星命名为“高锟星”。2000 年，高锟与邓小平一起被《新闻周刊》选为“二十世纪亚洲风云人物”。并且，他于 2009 年 10 月份获得了诺贝尔物理学奖。

“如果没有当初的出丑，我恐怕仍然是一个默不作声的孩子，那次出丑改变了我，让我明白：出丑也能创造出机遇。”高锟如是说。

点评

人生路，很慢长，总有艰难困苦挡道。当我们徘徊在生死边缘，请选择雄鹰；当我们遭遇风雨，请靠近苍松；当我们感到孤独寂寞，就让心中的蝴蝶翩翩起舞吧！

戴白手套的孩子

1979 年的洛杉矶,正是隆冬时节,一场盛大的音乐会将要在市音乐厅举行,广场上挤满了前往观看的人。

一个黑瘦的孩子,艰难地挤在人群中,他身上补丁成群,与周围的环境十分不相称,他的右手上戴着一只崭新的白手套,这也许是他身上唯一的亮点。他饿着肚子向音乐厅的方向赶去,他的耳畔早已经回响起那动人的旋律。

他无钱购买一张昂贵的门票,被保安挡在门外。左腰被保安人员捅得生疼,他哭了,眼泪纷纷落下,和着片片雪花。

正在此时,角门处一个高大的明星模样的人闪了出来,他也许是出来呼吸一下外面的新鲜空气,也许是他想着先适应一下人多的环境,好在一会儿表演时一气呵成。总而言之,他闪烁的眼神中里容下了那个男孩哭泣的背影。他径直向男孩走来,简单地问了几句后,他与保安打招呼,保安见到他,毕恭毕敬地,然后他拉着那个孩子走进了音乐厅的大门。

由于座位有限,他将男孩安排在第一排最边上的站位上,他说一会儿自己要登台,孩子高兴地说道:“我会为你鼓掌的,白手套为标记。”

音乐会开始了,非常精彩。等到他上台时,孩子在下面疯狂地舞蹈着,跟随他的步伐不停地挥舞着白手套,站在台上的他,看到一道白光在人群中闪烁着,顿时他感到热血沸腾。那天,他成了整座音乐厅唯一的主角。

演出结束后,他抱住孩子飞快地旋转着,他要感谢他,感谢白手套。临别时,他对孩子说道:“能将你的白手套给我做个纪念吗?”孩子犹豫着,他接着说道:“以后有我的演唱会,我会邀请你参加的,并且请你吃这世上最美味的晚餐。”

孩子将戴在右手上的白手套摘了下来。他惊呆了,孩子的右手只剩白骨,他很快明白过来,一把将孩子抱过来。

在以后的演出中,戴白手套成了他的一种标志,也成了一种时尚。他扭动着腰肢,手中的白手套就像一位可爱的天使,与音乐同在,与灵魂同在。

再后来,他在白手套上镶满了闪亮的银片,这更加深了他的神秘色彩。

众所周知,迈克尔·杰克逊以紧身裤、白手套、礼帽、白色棉质袜和黑色皮鞋造就了自己的经典形象,但其中,最被歌迷们所推崇的就是白手套。模仿杰克逊的人们总会戴着白手套,无数次地重复表演着那些可爱的、令人难忘的动作。

那个戴白手套的孩子,是世上最幸运的孩子,也是世上最有创意的孩子。

如果说人生是贫瘠的土地,那么唯有历经磨难方可使其肥沃富饶;如果说人生是灰暗的夜空,那么唯有历经磨难方可使其熠熠生辉;如果说人生是广阔的花架,那么唯有历经磨难方可使其繁花似锦!磨难是一首激人奋进、亘古不变的歌!

点评

全文酣畅淋漓,一气呵成,蕴藏着欢乐与期盼,真挚感人。开头出手不凡,通过杰克逊的故事,告诉大家一个做人的道理。

倒过来解决问题

1998 年的金融危机中国香港受到了重创，许多企业在泥淖中苦苦挣扎，面临着倒闭的风险。

有一家生产玩具的厂子，销路出现了严重的问题。虽然他们将玩具的价格压到了最低价，但还是找不到销路，企业的老总一筹莫展，几天几夜没合眼，企业的工人也出现了动摇的倾向。

老总的儿子给他打电话让他回家里吃饭，正好有道作业题不会要请教他。

老总烦得很，本来不想回去，无奈儿子几次打电话催促，他只好回去。

妻子早做好了饭，儿子将一道数学题推到他面前，让他解答。

题目居然是 18 + 81 = (　　)6。这真是一道难以理解的题目，一时间，老总也陷入了沉思中。

虽然想了好几个钟头，但此题依然未解，他和妻子都不约而同地认为这道题出错了。

儿子最后失望地来回扔着卷子，卷子被当成了皮球般地飞来飞去，最后跌落在老总的面前。老总的眼睛始终盯着卷子，他心里想这里面肯定有玄机，就像自己濒临破产的厂子一样。

当目光锁定在题目上时，他惊奇地发现卷子被倒了过来，题目居然变成了 9(　　) = 18 + 81，他猛地跳了起来，有解了，题目应该倒过来解。

事实证明，他的想法是正确的，儿子拿的是一道数学奥林匹克的题目，用老师的话来讲，旨在锻炼孩子们从各个角度解决问题的能力。有时候，一件看似复杂的问题，倒过来分析的话，就会迎刃而解。

从这道题目身上，老总获得了灵感，他想：既然自己的企业卖不出去玩具，倒不如低价购进这种玩具。虽然看起来是压住了成本，但只要能够熬过去便会获得无数商机，等金融危机过去了，价格就会成倍地向上翻涨，到时候，何愁无销路与利润呢?

就这样,他以别人不可思议的勇气和力量开始验证着自己的决策,结果第二年他疯赚了一大把。

谁也不会想到,老总从一道难解的数学题身上找到了解决问题的方法。

点评

解决问题的途径有千万条,越是在艰难的时候,越是要稳定心情,在绝望中不放弃,才能看到胜利的曙光。有时候,遇到峰峦叠嶂时,倒过来看看来时路,也许就会发现另一条路在远方等待着你。

扼制对手的致命武器

15 年前，年轻气盛的戴斯从父亲手里接管了一家生产汽车的大公司。他接手后，大刀阔斧地进行改革，效益比父亲在位时还要好，这自然而然地引起了同行的嫉妒。

其间，他的汽车公司出现了一次严重的事故，公司生产的方向盘中居然含有致命的毒素，这致使许多开过这款汽车的人出现了不同程度的中毒症状，一时间，汽车销售的链条瞬间崩断了。

戴斯怎么也想不通，如此小的疏忽竟然葬送了自己公司的大好前途。他恼怒之余，便暗地里查找是谁做的手脚。

终于，从朋友的口中得知，一个叫约翰明的工程师嫉妒他父亲的才能，曾经发过誓要搞垮他们的公司。但遗憾的是，没有任何证据，尽管戴斯委托律师搜寻证据，但一无所获。

就这样，戴斯成了一个穷光蛋，他不得不每天徘徊于难民中间，靠乞讨度日。他时刻想着要东山再起，机遇终于在某一个清晨降临，他得到了父亲朋友的一大笔投资，一家小型的汽车公司投入生产。

10 年的时间，期间经历的艰难可想而知，他的公司终于成功地侪身美国汽车业的前列。

一个偶然的机会，戴斯得知那个叫约翰明的工程师也做起了汽车生意。他现在的公司规模很大，市场占有额很高，他们是直接的竞争对手。

1929 年的经济危机到来后，汽车市场受到了极大的冲击，戴斯的企业也风雨飘摇，但戴斯经营有方，及时调整了公司的运营战略，使得企业稳住了根基。

约翰明的企业则在经济危机中翻了船，他成了在街头乞讨的人。

1931 年的一个黎明时分，一个身着风衣的中年人在纽约街头拦住了一个面容憔悴的男子，他说道："约翰明先生，我想雇您到我的公司任职，不知您意下如何?”

这无异于天下掉下个馅饼,约翰明高兴坏了。他怎么也不会想到,面前的中年人竟然是15年前自己坑害的那个年轻人,他有些无地自容,但戴斯笑着冲他摆手。

自此以后,约翰明受到了戴斯的最高礼遇,他安排他到最清闲的岗位上去,却拿非常高的薪水。每当约翰明想知道理由时,戴斯总是微笑着说道:“您是我的前辈,曾经为企业立下汗马功劳,这是您应该得到的。”

约翰明1943年去世时,戴斯也成了一个两鬓斑白的老人。在临终前,约翰明向他忏悔了自己以前做的傻事,请他原谅,并且追问戴斯何以如此善待自己的原因。戴斯苦笑道:“我还要请你谅解,我之所以这么做,是想软禁你的才能,阻止你东山再起。”

听罢,悲愤交加的约翰明与世长辞。

点评

原来,这世上扼制对手的致命武器是让他的才能得不到充分施展,使其庸庸碌碌、无所作为,最终在温柔、享受的漩涡里一蹶不振。

耳光是上帝送你的一次慌张

一个 18 岁左右的衣衫褴褛的男孩,在华盛顿朗方广场地铁站口找了个合适的位置,他将一个废弃的垃圾桶当作桌子,将小提琴规规矩矩地摆在上面,刚被打开的旧琴盒放在脚边,他趁人不注意,从怀里找到几美分的硬币扔进琴盒里。

所有这些事情做完后,他提着鼻子闻了闻从地铁站口散下的几缕阳光,权当是上帝给自己最好的礼物吧。接下来,他的表演开始了,他盘算着今天能有多少收入,并且想着省下一顿午餐后,能够有一顿丰盛的晚餐,也许还可以买上一对美味可口的鸡翅,这得看今天的收入情况而定。

陌生的路人,怀疑的眼睛,从他的身边匆匆忙忙地闪过,狭窄的地铁站口响起悠扬的乐曲,与人们的咳嗽声、说话声交相辉映,但几乎没有人在意他的存在。

执法者在意他的存在,因为他实在有碍于城市的形象,一个戴着彩色礼帽的人要求他立即收拾好他的家伙离开此地,因为有人检举此地有不雅音乐传播,极大地影响了华盛顿作为世界之都的风采。

他不屑一顾地没动地方,已经穷到天不怕地不怕的地步了,任凭你东西南北风能奈我何?

执法者怒不可遏,在采取一系列的措施后仍然无法使这个年轻人离开,他扬起了右手,一记耳光准确地掴在年轻人的脸上,音乐声戛然而止,年轻人的嘴角上渗出丝丝鲜血。

当音乐声又开始此起彼伏时,执法者无奈地摇头离开了。他不服输地对年轻人吼道:“明天,你必须离开这个地方,我还会来的,如果你还不走,我还会掴你耳光。如果你不走,我会每天送你一记耳光,直到你离开这个地方。”

许是执法者的冒然行动惹了众怒,许多人围拢过来,有的好心人还将纸巾递给年轻人,让他擦去嘴角的鲜血。傍晚时分,终于有位老者注意到了他,老者静静地听了许久,眼角闪现出流离星光。

那一日，他听到了从未有过的赞赏，老者告诉他：“年轻人很有前途，你拉的很好，只是太稚嫩了。”

第二天的上午时分，那位执法者准时出现在他的面前，他看到这个年轻人依然如此心无旁骛，简直是对自己尊严的一次致命挑衅，他扬起左手来，又将一记耳光深刻地印在年轻人的脸上，又是一道深不可测的伤痕，这一次，年轻人的音乐声没有停下来，只是带了些许伤悲。

年轻人在这个地铁站口一共待了78天，也挨了执法者78记耳光，有人说这个执法者太残酷了，也有人说这是一种炒作，是为了提高这个年轻人的知名度。

但无论如何，2年后的一个春天，在波士顿交响乐厅举行的演奏会上，人们看到一个意气风发的年轻人正在做着精彩绝伦的演出，有人说他是世界上最出色的小提琴家，他的演奏中充分地融入了生活的味道，让人一听就可以听懂的那种。

这个当时穷困潦倒的年轻人谈起自己的成功无不感慨当年的耳光：“开始时自己感觉委屈，后来便与执法者较起了劲，心思反而更加细密，感受更加真切起来，灵魂被触动的感觉，使自己一下子找准了生命的坐标。”

耳光是上帝送你的一次慌张，它可以使你郁郁寡欢、一蹶不振，也可以使你犹如醍醐灌顶、意气风发。

点评

文章凭着丰富的想象和多彩的语言，将一则精彩的故事呈现在读者面前。文章的名字起得特别吸引人，让人充满了感动。

奋斗是笔，生命如画

他是一个再普通不过的，没有任何特质的漫画小生，整日伫立在华盛顿街头，周围的白眼与他的执着形成了鲜明的对比。警察走过来许多次，但一见到他那身寒酸的衣服便不忍心将他驱逐，直至后来，警察先生低下身子说道："你可以在此地卖画，但一定要学聪明点，不让人发现你在卖画，否则对你对我都十分不好。"

他依然心无旁骛，眼睛一眨也不眨，只是有人问津他的漫画作品时，他的神经敏感起来，"哪幅画？这幅呀，这可是根据日本传统故事改编的。"对方回答着，他又说道："什么，要美国本土的作品，暂时没有，我只是喜欢临摹外国的作品。"

他一直这样等待盼望着，直到太阳落了山，仍然没有人买下他的一幅作品。

他十分沮丧，觉得老天对自己不公，他考虑着是否自己真的在走一条绝路。许多人都说他的作品呆板、缺少灵气，但他认为，这是一种特立独行的专业化创作之路，就像凡·高的作品一样，总会有人赏识的。他拒绝修改自己的创作思路，但很多人对他作品的第一印象极为糟糕，顿时便失去了观赏的欲望。

一天，一个老太婆接近了他的画摊，她左右打量着这些画，最后挑选了一张画作，她问年轻人："我小孙子喜欢漫画，我拿一幅吧，多少钱？"

"权当送您了，不要钱"，他说出话时斩钉截铁。

"不要钱可不行，不要钱说明你的画作价值太低。我给你多一点吧，你已经待了好些天了，权当是鼓励吧。"

第二天上午同一时间，老太婆又出现了，她对周围的观众大声叫嚷着：难得的好作呀，只是怀才不遇，我孙子的老师点评他的作品堪称一绝，当今恐怕没有几个人能够与之媲美。

她又买了几幅画作，临走时还回头说着："等我呀，不要让他们抢光啦。"

当天，有许多人开始对他的漫画作品感兴趣，他的收获颇丰，至少能够吃一顿丰盛的晚餐了。

这个叫马克·费雷的年轻人，由此走上了一条通往漫画的创业之路。直到2008年底，他的母亲不幸去世时，他才知道了母亲的良苦用心，他发现了许多自己的作品就在母亲的橱柜里，它们被母亲打成一个包裹，包裹上面赫然写着：我儿画作，值得收藏。

母亲为了自己有所发展，悄悄地雇了人前去购买他的画作，只是为了鼓舞他的士气和斗志。只要不停止，生命就会有所斩获。他谨记母亲的临终遗言，并且从未停下过奋斗的脚步。

2010年4月初，他荣获了普利策漫画创作奖，他获奖的理由是：以执着的心态完成创作，漫画天使也在向他招手。

点评

我们每个人手中都有一枝犀利的笔，你可以用它画天、绘地、描人生，有些人将这幅作品画成了一幅浓墨重彩，而有些人将这幅作品扔给了时间，或空白无物，或信手涂鸦。生命如画，奋斗的笔就在你的手中。

邀请总理跳舞的女孩

1980 年初,时任澳大利亚总理的弗雷泽要到墨尔本大学视察工作,校方认真地做准备,以防止出现疏漏。

但校长却意外地接到了一个女孩的来信,她说想在晚会上邀请总理跳舞。

这简直太滑稽了,在澳大利亚历史上,从来没有一个女学生敢于向总理发出这样的邀请,校长断然回绝了她的无理要求。

这个叫吉拉德的女孩十分气愤,她认为这是校长对自己的不尊重。她愤然写了一封信,寄给了澳大利亚总理府,希望总理可以接受她的请求,却一直未收到回复。

弗雷泽的视察工作进行得很顺利,只是在晚会表演时,出现了一个小插曲。这是一个魔术表演,空箱子旋转多圈后,打开箱子却出现一个小丑。按照原来的节目安排,小丑应该谢幕后离开舞台,但奇怪的事发生了,小丑摘下了面具,露出了一张可爱、俊俏的脸,她径直来到了弗雷泽面前,邀请总理在大家面前即兴跳舞。

弗雷泽猝不及防,但他体面地接受了女孩的邀请。人群中立即响起出雷鸣般的掌声,记者们按下了快门,但秘书和校长的脸上却挂满了汗水。

这个用这样一种别致方式邀请总理跳舞的女孩,就是朱莉娅·艾琳·吉拉德。弗雷泽在舞蹈结束时,甚至亲吻了她,一时间,她成了妇孺皆知的风云人物。

吉拉德 1998 年进入了澳大利亚国会, 2006 年开始与陆克文合作,在 2010 年的大选中,她成为澳大利亚新一任总理,也是澳大利亚历史上第一位女总理。

点评

想别人不敢想,做别人不能做,也许是吉拉德成功的秘诀,校长当年无不感慨地说道:“这注定是一个让世界刮目相看的孩子。”

给孩子一面涂鸦墙

儿子三岁的时候就喜欢拿着粉笔到处涂鸦,好好的一间屋子,让他画了个乱七八糟。厨房边上,他画了一只“四不像”,远看像驴子,近看却像乌龟;卫生间旁边,他写了一个大大的“人”字,好像自己已经成了一个顶天立地的男子汉。

我有次逗他:“小鬼,画画得有规则,不能乱画,你瞧你将这屋子画的,简直成了大染房了。”

他则很认真地回答我:“这屋子的墙太不好看了,我想改变它们。”

后来,我与妻子商量,干脆粉刷了一面墙,让儿子可以信手涂鸦。

有了这面墙以后,儿子“工作”得可认真了,每天乐此不疲地忙碌着,生怕漏了一点儿空位置。有好些次,他超越了界限,将画又延伸到了其他没有粉刷的地方。

儿童节时,我教儿子在墙上画了一只嘴里衔着一封信的信鸽,信上写着:祝林林小朋友节目快乐。我对他说道:“这就算爸爸妈妈送你的节日礼物吧,希望你好好学习,将来做祖国的栋梁之材。”小家伙听得十分认真,一副感激不尽的样子,给我们的回报便是狠狠地亲了我们一下。

春节前夕,我感到小家伙在计划着什么,我便问他:“怎么了,小鬼,又想什么坏主意呢?”

他则用小手捂着嘴说:“暂时保密。”

年底工作忙,我很晚才回家,妻子也是每天加班,儿子就由母亲照顾。我回家时,母亲冲我神秘地笑笑,用手指那面墙,不知何时,墙被一块塑料布蒙上了,我问母亲原因,母亲笑着摆摆手说:“暂时保密。”

春节马上就要到了,我和妻子的工作也暂时告一段落。那天回家时,小家伙神秘兮兮地让我们闭上眼睛,说一会儿送一份惊喜给我们。

当我们再次睁开眼睛时,我突然间发现,那面墙上用红纸镶嵌着“爸爸妈妈快乐”几个字，下面是小家伙的签名，还有母亲的签名，周围全是各式各样的花朵。不知他从哪儿临摹下来的，群芳斗艳，屋子里一下子有了春天的气息。

涂鸦墙给我们全家带来了无尽的欢乐，儿子也学会了感恩。

点评

每个孩子都暗藏着无穷无尽的潜质，而一面涂鸦墙，可以让他们的天分在上面淋漓尽致地展示出来。给孩子一面涂鸦墙吧，他们的童年会因此更加丰盈、生动和快乐。

给我一个足球，我还你一瓶眼泪

1950年波黑的特拉夫尼克市，炮弹像一朵朵悄然绽放的魔花，吞噬着这个古老的城市。政府与反动武装进行着激烈的搏斗，逃亡的人如潮水般奔向远方。在这种环境下，人们除了渴望生存外，不敢有更多的奢望。

一个瘦弱的10岁左右的男孩，正夹杂在难民潮中向前方行进着。他生病了，跑不了几步便气喘吁吁，身后的母亲一边照顾着弟弟和妹妹，一边拉扯着他。让人感到奇怪的是，他的脸上竟然闪烁着不易察觉的微笑。

但不幸的是，他还是与母亲走散了，他孤独无依地蜷缩在陌生的街角，看着一队队的士兵在他眼前掠过，他们就像鸟儿，在天空中尽情扇动着翅膀。

终于，他锁定了自己的目标，有一个崭新的足球正赫然躺在草丛里。在这样的战争年代，没有人会不顾生命去捡拾这个光鲜的足球，而他却拉近了身体与足球之间的距离。

他自小喜爱足球，波黑没有发生骚乱时，他曾经是小镇上小有名气的足球队的一员。只有跑动起来，大家才感觉出来他是一个多么灵活的人，不像呆坐不动时那般孱弱。

当他的手触及足球的边缘时，一支枪阻挡了他的视线。

一个反政府武装的士兵也发现了那个足球，将足球抱在怀里，然后示意他马上滚开，否则会让他品尝一下子弹的特殊味道。

“它是我先发现的”，孩子发出了强有力的反抗，并且他没有害怕，他的目光如电，他就像一只快要暴发出来的小老虎。

“你先发现的，笑话，我手里有枪，你呢，你拿什么与我抗争，与我交易，你能够拿出一件可以交换足球的物件吗？”

“不，我什么都没有，但除非你杀了我，否则我不会放弃要回足球的机会。”

“这太不值得了，一个足球，如果要了你的命，大家会耻笑我的，我劝你快点走吧，我有好生之德，我可不想伤害一个乳臭未干的孩子。”

双方一直对峙着，孩子并没有放弃，而是充满了斗志。他一直盯着足球看，仿佛拥有了它，就拥有了希望与未来。

士兵有些慌了，但他想起了母亲的叮咛，他是决然不会用枪去杀害这个十来岁的孩子的。

“你用一个可以交换的物件，换回足球，也算给我一个台阶，我给你 30 分钟时间，但这个物件必须让我心服口服，我在原地等你。”

说完，士兵席地而坐，将足球放在旁边的草丛上，悠闲地吸着烟，他甚至从怀里掏出了烈酒，抽动着嘴巴品尝着佳酿。

孩子跑远了，他到处去寻找物件，哪怕是一块金子、银子，或者是一张小小的银票，但什么也没有找到。无奈之下，他只好坐在一个墙角，痛苦地哭泣起来。

不知何时，士兵竟然站在了他的身边，他刚想站起身来，以示意自己的彻底放弃。

士兵却笑了，他伸出手来，兴奋地从孩子的脚底下端起一瓶水来。原来，这是一个破碎的瓶子，刚才孩子的眼泪与雨水混杂在一起，装满了瓶子。

“这应该是世界上最美好的礼物了，如果将它送到报社去，我相信能够获得本年度最佳照片奖。一瓶子的眼泪，来自于一个饱受战乱痛苦的国家，来自于一个渴望和平的孩子。”

士兵将足球郑重地交给了孩子，然后抱着一瓶眼泪离开了。

10 天以后，波黑当地最大的报纸刊登了这样一幅照片：一个衣着凌乱的孩子，不停地哭泣着，他的身下，是一大瓶的眼泪。作者以匿名的方式发表。这幅作品发表后，引起了极大的震撼力，许多中间人士开始调停这场战争，波黑一度出现了空前和平的局面。

这个孩子得到了足球后，喜出望外，他利用难得的良机，组建了波黑历史上第一支正规的足球队。

布拉泽维奇，注定一生与传奇关联，他体弱多病，却依然在多灾多难的原野上播下了足球的种子。多年之后，他离开了百孔千疮的故乡，走入了颠沛流离的江湖生涯，他将足球的种子遍撒欧洲各地，让许多知名的不知名的足球之花在田野里怒放。

2010 年 12 月，他成为中国国奥足球队主帅，开始了新的征程。他斩钉截铁地说道：“不是可能第一，我就是天下第一。”

记起了一位哲人说过的话：“眼泪是成功行给失败的贿，是岁月向人生征收的所得税。”

点评

幼鹰经过无数次摔伤，方可一展雄风翱翔于高空之上；幼虎经过无数次生死磨难，方可成为百兽之王；玉石经过无数次打磨，方可成为价值连城的精致宝器！

磨难是一首歌，一首发人深省、激人奋进的歌！

给自己写情书的女孩

乔安妮已经十八岁了,但她还从未谈过恋爱,她希望自己长着一双像天使一样的翅膀,男孩子的目光都会瞬间定格在她的身上,“让我也痛快淋漓地沾沾自喜一次吧”。

她已经成年了,还长着一张娃娃脸,男孩子不肯接近她的主要原因就是她看起来太小了。

有一天她看到邮递员经过自己家时,突然想到可以给自己写情书。

接下来,她开始打草稿。情书必须用正式格式,以正式的名义发送,由于是第一次书写如此正规的情书,她有些紧张,写了无数次,但总觉得不合适。一次次地撕掉重拟,终于在一个午后,她觉得已经达到自己初恋的要求了,便将情书寄了出去。

情书拐了个弯,于三日后出现在她的庭院里。当时,正有两个女同学在她家游玩,她喜出望外,故意让情书落在了一个女同学手里,女同学接过来朗读起来。

这是她平生听过的最动人的情书,女同学读傻了,读哭了,她们沉浸在乔安妮的幸福氛围中,同学们认为这简直就是初恋情书的标准范本。

情书里这样写道:“在有落日的黄昏,我在思念你,你像天仙,像蔷薇花,像彩虹,我就站在夕阳里,等着你,好像永远不想回家。”

第一份情书使她收获了自信,接下来,她开始编写第二份写给自己的情书。

在长达三年的时间里,她没有收获一份爱情,但却收获了至少一百份情书,而这些情书,全部是她自己写的。由于情书收获颇丰,她的名声在外,这引起了一个新闻记者的注意。他是葡萄牙人,慕名而来,只为那些散发着野花芳香的情书,他痴痴地看,傻傻地笑与哭,直到有一天,他突然间发现自己爱上了这个爱写情书的女孩。

这个给自己写情书的女孩,在半年后嫁给了这个新闻记者。婚后,她依然喜欢给自己写情书，情书依然简约浪漫，让人向往。

这个平生爱浪漫、爱给自己写情书的女孩，于1997年一不小心写了一本叫作《哈利波特与魔法石》的书，几乎在一夜之间，全世界为她倾倒、喝彩，系列小说被译成近七十多种语言，在两百多个国家累计销量达三亿五千万多册。

给自己写情书，本身就充满传奇和戏剧色彩，加上她天生爱幻想，见到任何一件事物，总会浮想联翩，这使得她一举构造了《哈利波特》的种种魔幻情节，难怪有读者说："J. K. 罗琳，天生就是一个出类拔萃的人。"

点评

给自己写情书，不是自恋，更不是作秀。本文叙述的名人故事，素材独特，让人眼前一亮。

花一千小时造一条香蕉鱼

1934 年,美国宾夕法尼亚州一所军事学校里,正在进行一场别开生面的擒拿格斗比赛,警官法格尔先生怒视着眼前这些刚刚入校的学生。

他是个以残酷而出名的教官,力大无比,能够一只手抓起三个学生,然后轻松地将他们扔到五米以外的地方。

首先是三个家伙走了过来,法格尔微微笑着,以迅雷不及掩耳之势将三个家伙扔了出去,接下来,又有三四拨学生遭到了同样的境遇。

一个毛头毛脸的家伙站了出来,他想一人挑战法格尔,他的解释是这样的:三个人,很容易被打倒,因为力量处于分散状态,还不如一个人集中力量全神贯注效果好。

他的话显然激怒了法格尔,这是赤裸裸的挑衅。

他用手示意毛脸家伙走过来,然后他伸手想抓住毛脸家伙的腰带,可他没有成功,因为这个孩子十分灵巧,巧妙地躲过了一劫,法格尔受到了羞辱,他选择了暴发式的袭击方式。

可任凭法格尔如何努力,他就是无法抓住这个家伙。因为他的身材太矮小了,并且他的灵活轻巧与法格尔的笨拙体态形成了鲜明对比。

第二天文化课上,法格尔依然到了现场,他趴上地上,要求大家说出他像什么,必须要贴切,否则就得挨军棍,五十军棍。

大家纷纷说着赞誉之词,唯独那个毛脸家伙,不知道天高地厚,也可能是蓄意报复,他这样说道:“教官先生好像一条香蕉鱼。”

香蕉鱼,法格尔蹦了起来,他根本没有听说过这种鱼。

“你解释清楚,什么叫香蕉鱼,我为什么像它?”

“香蕉鱼就是长得像香蕉,一见香蕉就着迷的一种鱼,它吃完所有的香蕉后便被撑死了。”

“是说我偷吃了香蕉，说我长得胖，打他五十军棍，我让你知道，这世上根本就没有香蕉鱼。”

毛脸家伙挨了五十军棍，幸亏执法的学生们手下留了情。

但接下来在军校的日子里，他十分不好过，因为法格尔先生每天都在用异常的目光望着他，好像随时会像一只猛虎一样咬住他的屁股。

他不得不选择提前离开学校，因为他自己也觉得，他不是个军事天才。

临走时，他告诉同学们：“这世上有香蕉鱼的，我宁愿花时间造一条香蕉鱼。”

这个叫塞林格的家伙，将自己关在山屋里将近五十天，他花了近一千小时，写出了一篇文章《逮香蕉鱼的好日子》，在文中，他讲述了一段许多人看不懂的故事。末尾处，他告诉大家这世上有一种鱼，爱吃香蕉，并且吃完后便被撑死，这种鱼就叫作香蕉鱼。

但这篇文章并没有被大家认可，许多人看过后，觉得这个家伙一定是疯了，用不存在的东西迷惑大家的情感神经。

接下来，他又写出了一本书，叫作《麦田里的守望者》。这本书让塞林格声名鹊起，几年下来，竟然销售了六千万册，简直是匪夷所思，他赚了个盆满钵满。

花一千小时造一条香蕉鱼，也许听起来让人觉得不可思议，但塞林格却让人们看到了一份久违的惊喜。只要有信心、决心，即便是这世上没有的东西，也照样可以让它们如“雨后春笋”。

虽然有些嚣张，但不得不让人竖起大拇指。

点评

由各个层面，仔细思量新奇之事，不遗漏任何可产生新组合的机会，然后再加以评价，说不定会发现，这些创意中99%都没什么价值。因为创意本身不含任何价值的情形也有，无法找出价值的情形也不少，但是，无论如何，最后一个创意说不定是全世界最优秀的创意。

还差一百元

我和妹妹蹒跚地走在陌生城市的街道上，手里拿着一个乞丐才拥有的破盆儿。妹妹紧紧地拽着我的胳膊，眼眶里都是泪水，我们的身后，正是市人民医院那雄伟无比的大楼，那里面，躺着我们急需动手术的父亲。

我们必须在两天内筹够父亲动手术的一万块钱，当我从护士那里知道这个消息时，我没有流泪，我只是认真地点点头，目送着护士阿姨，直到她的背影在我的眼前变成一片模糊。

我对妹妹说："别告诉爸，我们出去想想办法。"妹说："哥，哪有这么多钱呀，不行把爸接回家吧。"

我怒视着她，然后将我的方法告诉她："妹子，我们去居民区里，挨家挨户地筹钱，我们告诉他们我们的遭遇，也许他们会可怜我们的。"妹低声回答我："那不成乞丐了吗?"我用手重重地捶了她，"记住，我们不是乞丐，我们是去筹资"，说完后，我感到眼角有泪水滑落。

我和妹妹走了大半天光景，尽管我们的行为甚是感动人，但没有人相信我们的眼泪。一位老大爷告诉我们："你们去广场上吧，将你们的遭遇写下来，兴许会有人可怜你们的，上门筹资这条路根本走不通的。"

头一天，无果而终，我和妹妹相拥在医院的走廊里，病房里是父亲不均匀的像风箱一样的呼吸声。

第二天上午，我抱着再试试的态度，将父亲的住院证明紧握在手心里，我又一次敲开了那位老大爷的家门，老大爷显然有些不耐烦了，他说他不是做慈善事业的，我请他相信我们。

在又一次被回绝后，我和妹妹便商量着将父亲接回家里，但就在我们快回到医院门口时，我看到那位老大爷正在医院门口徘徊着，焦急万分的样子。看见我们，他脸上布满了欣喜，高兴地对我们说道："孩子，我已经从医院里得知你们的情况是真实的，我动员所有邻居前来为你们捐款，不，是筹资。”

我和妹妹缩在病房里，认真地清点着大家送来的钞票，一张一张，我们点的很辛苦，但脸上却藏满了笑。点完了，差一百元钱，我的头晕了一下，这可怎么办？医院说得很清楚，钱不够是绝对不会动手术的，延迟一天，父亲就会有一天的危险。

我和妹妹，准备去找住院处的护士阿姨商量一下，妹妹眼睛尖，发现床旁边的地板上躺了一张百元大钞。

其实，刚才住院处的护士阿姨来过，当时我们正在点钱。

她留下的一百元钱，正好补齐父亲的住院费差额。

我相信，只要我们付出了，总会有意想不到的回报，我还相信，天使刚刚来过。

点评

有时候，感动我们的仅仅是事物的某一微小部分而已。在这个世界上的一朵花、一株小草、一棵树、一缕微风，甚至一抹微尘，都那么骄傲地拥有着令人感动的特质。它们默默滋润万物，奉献自我。

换个舞台再跳舞

1969 年 3 月，阿根廷首都布宜诺斯艾利斯某大学体育场，两年一度的全国少年足球赛正进行得如火如荼。正要上场的是小洋葱足球队，他们的对手是布宜诺斯艾利斯小学足球队，后者是阿根廷十分著名的足球队，他们曾经代表国家出征过美洲少年杯的比赛。

小洋葱队的队形有些乱，因为他们的个头高矮不一。他们来自于乡下，虽然经历过数次正规的训练，但他们仍然不被对手放在眼里。

队长迭戈年仅 11 岁，他面色凝重，显得有些早熟。他径直进入了足球场内部，绕着场子周围走着，他对足球场上的草坪产生了浓厚的兴趣，他弯下腰去，用自己的手指丈量着草坪的高度。

正当比赛的哨子要吹响时，这个叫迭戈的少年突然对足球场提出了异议，他的观点是草坪的草有些长，不利于足球的正常弹起。

这显然是个棘手的问题，但主办方对此十分不屑，坚持认为这个少年是在无事生非，况且前面已经进行了数场比赛，没有一支足球队提出过异议，这简直是对主办方的污蔑。

但结果却令众人大跌眼镜，草坪的高度居然比规定的高了约 3 毫米，大家面面相觑，对这个叫迭戈的孩子刮目相看。

比赛的时间延迟了约一天，主办方不得不派人加班加点整修草坪，这个叫迭戈的孩子，利用这一天的时间收看了布宜诺斯艾利斯小学的比赛录像，然后研究了一套切实可行的应对办法。

第二天的赛场上，迭戈一鸣惊人。他带领这支让人瞧不起的球队以 1∶0 的比分取胜，当比赛结束的哨声吹响时，全场爆发出雷鸣般的掌声。

在接下来的 4 年里，这支以迭戈为首的小洋葱足球队，打遍了整个阿根廷无对手。这个叫迭戈的少年，也一战成名，成为阿根廷家喻户晓的人物。

上帝赐予他的荣誉并没有停止。进入国家队后，他以出人意料的天赋和技能征服了无数人的眼睛，迭戈·阿曼多·马拉多纳，被球迷称为集上帝与魔鬼于一身的人，以他为核心的阿根廷足球队取得了1986年世界杯的冠军。

2010年南非世界杯，他执教的阿根廷队依然绚丽夺目，小组赛中，他们两战皆胜。他喜欢跳舞，在场边上，他迷人的舞姿每上演一次，都会引来无数人的骚动和掌声。

谈起1969年的那场比赛，马拉多纳十分激动地说道："许多人会认为，如果想要跳好舞，个人的技能才是关键，但有时候，如果舞台不适合你，比如说脏了、地板高低不平，也会影响你的心情，就像将草坪截短一样，我们应该换掉舞台再跳舞。"

点评

我们的人生何尝不是如此？我们总是怀疑个人的能力，但没有多少人敢于怀疑自己所站的舞台是否适合自己，哪怕钉子已经穿透了自己的鞋子，也要硬着头皮跳下去。其实换个舞台再跳舞，不失为一种良策。

将开幕式租赁给我

1980 年 10 月,澳大利亚悉尼大学,校方决定在岁末举办一场声势浩大的运动会。为此,他们进行了开幕式导演的全校招标。应征者无数,但校方均感到不满意,他们为筹备时间过短感到焦虑,要知道,一般准备一场壮观华丽的开幕式至少需要半年时间。

校领导经过商议后,想取消本次运动会的开幕式,但无疑是告诉学生和世人:这届运动会将是一次残缺的运动会。

此时,一个 20 岁的在校生推开了校领导办公室的大门,他斩钉截铁、信誓旦旦地表示,自己可以完成本次开幕式,但他拒绝透露他的策划和想法。他的理由是想给大家一个惊喜,他还立下军令状,如果不成功,愿意接受被校方开除的惩罚,或者是送到当地法院去。

校领导慎重考虑后,觉得不妥,他们在拒绝意见书上签了字。

下午,这个学生却拨通了校长本托的电话,要求见到他。学生直接陈述了自己对开幕式的看法,并告诉本托:“学校在埋没人才,这是一次对尊严的挑战。”

令人意外的是本托竟然同意了学生的请求,拍拍他的肩膀说:“孩子,我同意你作为本届运动会导演,但必须成功,我想,你能给我一个惊喜。”

消息传出后,大家均认为这样的决定很草率,要知道,开幕式的导演需要懂艺术,可是这个年轻人却是计算机专业的。

在众人的疑虑中,运动会到来了,大家看到了一场十分精彩的开幕式,尤其是烟花表演,将整场晚会推向了高潮。

本托紧紧地搂住了这个学生:“你太令我激动了,我没有看错你,现在,可以告诉我答案了吧。”

这个学生却平静地说道:“这不是我的功劳,功劳属于大卫·阿特金斯,他是一位怀才不遇的艺术家,我将整场开幕式租赁给了他。您知道赌注是什么吗?

如果开幕式失败，他将从此失去双眼。他只是告诉我：‘将开幕式租赁给我吧。’”

这个租赁开幕式的艺术家大卫·阿特金斯，由此名声大噪，人们惊异于他的坚毅和勇敢的同时，对他为艺术而献身的执着而感动。

果然，这个当时还名不见经传的落魄艺术家，30 年后给我们带来了无穷无尽的惊喜，他成功导演了多哈亚运会的开幕式，并且于 2010 年导演了温哥华冬奥会的开幕式，开幕式点火仪式上出现的问题被他在闭幕式上用一种幽默的方式化解，这不能不说是一种勇气和智慧的高度融合。

“将开幕式租赁给我吧”，多么豪迈的气魄！

点评

但凡成功者，大多都有魄力，都有敢作敢当、敢为人先的勇气，想在他人前边，你身先士卒，他人明白并涉足时，你已经成功了。

将老虎击下悬崖

1947 年 10 月，西班牙马德里市的拳击馆内，一个愣头青模样的小伙子，正在奋力击打一个男子模型。旁边，他的教练员不停地提醒他不可莽撞行事，要学会集中用力，不要任性。

这样的言语显然激怒了他，他不由自主地调转了方向，将拳头击向了教练的头部。

教练应声倒下了。旁边学员的怒骂声四起，他们恨透了这个玩世不恭的家伙，不就是一场失败吗，竟然学会了以怨报德。

在刚刚结束的一场西班牙国内对阵赛中，这个小伙子败给了一个外号叫老虎的家伙。“他就是一只老虎”，学员们对小伙子有些不屑一顾，“我们说过，你打不赢他的，你偏不信，他人高马大，你如一只蚂蚁，蚂蚁如何能够战胜得了大象，天方夜谭”。

教练醒了过来，一边包扎着伤口，一边用手指着小伙子，“这一拳打得好，用力准，焦点集中，你应该对老虎使用这种拳术。”

教练没有骂他，反而鼓励他，他感到羞愧，跑过去扑在教练的怀中号啕大哭。

教练告诉他应该树立一种勇气，在下一场比赛中，将老虎击下悬崖。

在众人的白眼中，这个小伙子重新踏上了征程，为了迎接半年之后的挑战赛，他遍访了整个欧洲大陆。当时，二战的阴霾仍然笼罩着整个欧洲，许多职业拳击赛并未开赛。无奈之下，他只身前往美国，参加了美国的职业拳击赛，结果挨了无数打，在无数次的被动挨打中，他拾获了信心与勇气。

1948 年 4 月，西班牙全国拳击赛开幕，他一路过关斩将。命运的安排如此巧合，他在小组赛中重遇了那个叫老虎的拳击手。

老虎不可一世地叫嚣着，显然对他满不在乎，老虎指点着他，示意会轻易地将他打飞的。

这个小伙子鼓足了勇气，他的耳畔回荡着教练的嘱托，还有无数的冷笑与白眼。苍天保佑了他，他破天荒地在与对手的胶着中战胜了对手。

当掌声响起时，他泪流满面，与教练紧紧拥抱在一起。

这个敢将老虎击下悬崖的西班牙人，名字叫作萨马兰奇，他后来成为国际奥委会的主席，领导国际奥委会进行商业化运作，使奥运会成为全球瞩目的盛会。他被国际奥委会授予终身名誉主席的称号，以褒奖他对奥运会的杰出贡献。

点评

命运也赐予了我们像萨马兰奇一样神奇的手，只要我们鼓足勇气，永不止步，一样可以将“老虎”击下悬崖，将失败和磨难打得七零八落。

将失败储蓄起来

1962年的日本，东京大学一所房子的台阶上，聚集了无数学子，他们正在焦急等待政府发明大奖揭幕结果。此次大奖吸引了无数学子报名参加，而其中佼佼者更是不计其数。

“菅直人来了没有?”一个瘦弱的梳着辫子的老师高声喊着。一个正在台阶前睡觉的年轻人被一群同学拽醒了。菅直人站起身来，一副无所谓的样子，然后被那个老师引领到评判台前。

教授没有正眼看他，嘴唇轻轻启动着问道：

“菅直人，你的发明太有点让我惊讶了吧，你瞧这个游戏机，不伦不类的，究竟该哪个年龄段的学生玩呢?”

一向语拙的菅直人一句话也没有说，只是轻轻接过游戏机。

“你怎么没有解释清楚呢?”与他合作的一位同学问道。“你太笨了，我们的设计是给高年级的学生玩的，因此，它设计比较精深，不易操作也是可以理解的。”

菅直人不敢正视这位同学，觉得对不起他：“我想他们已经否决了，态度证明了一切，说也没有用，我们只能承认失败。”

菅直人晚饭时一直在哭，母亲过来安慰他说：“失败并不可怕，你要学会总结失败的原因。”母亲一边劝他想开点，一边收拾着床头的东西。蓦地，一个储蓄罐映入他的眼帘，那是小时候，外公送给自己的生日礼物。

失败要学会总结，如果能够将每次失败的原因总结好，储蓄起来，塞进储蓄罐里，岂不是一笔宝贵的财富。

他喜出望外，在母亲疑惑的眼神中将储蓄罐里的钱币掏了个精光。那晚，他输入了第一笔失败记录：菅直人；时间：1962年11月；失败原因：语拙，不能在考官面前保持镇定，游戏机败北了，且设计不适合低年龄段的小朋友。

这个叫菅直人的男孩从此对收集失败充满了兴趣。他乐此不疲,甚至还注意收集别人失败的原因,以希望自己将来可以借鉴。

他毕业后,参加了国会众议员的选举,但遗憾的是两次均以败北而告终。气得他曾经告诫自己:如果再失败,就安心地做白领,不再步入政坛。他的失败储蓄罐也由此内容更加充实、丰富。

上帝如果看到了失败储蓄罐,也会于心不忍的,他可能会埋怨自己为何不给这个孩子一次成功?功夫不负有心人,2010 年 6 月,随着鸠山由纪夫的辞职,作为副党首的菅直人在新的首相选举中胜出,成为日本的新一任首相。2010 年 9 月 14 日,在民主党党首选举中,他击败了小泽一郎,打破了日本政坛近十年来的魔咒,成功连任日本首相。

点评

将失败储蓄起来,因为它不仅是一笔价值不菲的财富,更是我们人生之途中避免重走弯路的备忘录;那上面有你的血汗和签名,还有生命已经提前为你预支好的鲜花和掌声。